회귀로

영웅독점

회귀로 영웅독점 **14**

초판 1쇄 인쇄일 2021년 12월 17일 | **초판 1쇄 발행일** 2021년 12월 24일

지은이 칼텍스 | **펴낸이** 곽동현 | **담당편집 팀장** 이범수
편집부 정요한 최훈영 조혜진

펴낸곳 (주)조은세상 | 출판등록 제2002-23호
주소 서울특별시 동작구 동작대로1길 27 5층
TEL 02)587-2966 | FAX 02)587-2922
E-mail bukdu@comics21c.co.kr

칼텍스ⓒ2021
ISBN 979-11-391-0358-8 | ISBN 979-11-6591-494-3(set)
값 8,000원

칼텍스 퓨전 판타지 장편소설

회귀로

영웅특성

14

북잔두
(주)조은세상

칼텍스 퓨전판타지 장편소설

FUSION FANTASY STORY

CONTENTS

Chapter 95.

"형님! 보십쇼! 우와."

최천약은 거대한 용광로 앞에서 그대로 굳어 있었다. 시골에서는 한 번도 보지 못했던 거대한 화염이 치솟고 곳곳엔 온갖 진귀한 재료들이 쌓여 있었다.

그야말로 대장장이의 천국.

최천약은 이곳저곳을 둘러보며 연신 신기해하고 감탄을 터뜨렸다.

그런 최천약을 진정시키는 것은 역시나 형인 최천강의 역할이었다.

"동생아. 촌스럽게 그러지 마라."

"죄송합니다. 너무 신기해서 그만⋯⋯."

"평정심을 유지해. 이후 시험도 생각해야지."

"알겠습니다. 그럼 조금만 더⋯⋯."

그렇게 손아귀를 벗어난 최천약은 또다시 대장간 구석구석을 살피기 시작했다.

"그런데 뭐부터 시작해야 하는 거냐? 우리가 있던 대장간이랑은 너무 다른데?"

불을 키우는 방법부터 작업의 수준까지.

시골 대장간에서 해 온 것들과는 확연하게 달랐다.

그로 인해 동료들은 벌써부터 주눅이 든 상태로 주변을 살피고 있었다.

일행 중 태연한 상태를 유지하는 건 최천강이 유일했던 것이다.

그러나 그런 겉모습은 애써 태연함을 연기한 결과였다.

최천강 또한 다른 동료들 못지않게 긴장하고 있었고, 다른 의미로 동생처럼 흥분하고도 있었다.

'쫄 필요 없어. 어차피 저들은 우리가 하는 일을 알지 못해.'

어느 대장장이라도 동생을 뛰어넘진 못할 것이다.

그러니 자신은 동생이 평소의 실력을 발휘할 수 있도록 이끌어 주기만 하면 된다.

그렇게 모두가 흡족할 만한 결과물만 나오면 끝.

이후는 손 안 대고 코 푸는 격이나 다름없었다.

심사에 나설 이들 중 백성엽과 대장장이를 제외하면 은악의 가주나 이서하는 뛰어난 무사일 뿐 이 분야에선 애송이나 마찬가지였다.

게다가 약관 정도에 불과하니 둘을 속이는 건 오히려 식은 죽 먹기보다 쉽지 않을까?

'결국 은악의 수석 대장장이는 내 자리란 말이지.'

처음부터 그렇게 될 운명이었던 것처럼 느껴졌다.

뒤이어 모두가 우러러보는 자리에 앉은 자신의 모습이 선명하게 그려졌다.

그렇게 최천강이 원대한 꿈에 부풀어 오르고 있을 그때.

"천심대의 최천강. 맞나?"

누군가 곁으로 다가와 말을 걸어왔다.

강제로 현실로 되돌아오는 그 순간에도, 최천강은 눈앞에 서 있는 사내의 위아래를 빠르게 훑었다.

상대의 수준을 알아볼 줄 알아야 그들의 눈에 들 수 있지 않겠는가?

찰나의 순간, 그는 많은 요소들을 확인할 수 있었다.

일견하기에도 값이 나가 보이는 옷감.

은악에서 결코 흔히 볼 수 없는 차림새였다.

'그 말은 곧 고위직이라는 뜻.'

다부진 체격으로 보아 아마도 무사 출신.

단순히 글공부만 해 온 관리는 아니라는 말이었다.

마지막으로 얼굴에 드러난 사내의 기질.

그렇게 마지막 요소까지 종합해 결론을 내린 최천강은 즉시 고개를 숙였다.

"네, 제가 최천강입니다. 그런데 대인께서 어찌 직접 발걸음하셨습니까? 부르셨으면 제가 직접 찾아갔을 텐데요."

최천강이 내린 결론은 이러했다.

스스로에게 남들과 다른 특별한 면이 있다고 여기는 존재가 바로 무사.

그렇기에 무사는 자존심에 상처 입는 것을 극도로 싫어한다.

이런 면에서 사내의 성향은 금세 파악할 수 있었다.

무사였던 자가 전혀 관련이 없는 관리직 업무를 수행하고 있다.

'은퇴 무사들은 대부분 무(武)와 관련된 범주에서 크게 벗어나지 않는다.'

고로 눈앞의 사내는 정상적인 경우가 아니라고 볼 수 있었다.

값비싸 보이는 소재의 옷으로 치장한 것도 그 때문이다.

정상적이지 않은 상황에 대한 반작용으로 상처 입은 자존심을 다른 방식으로 회복하려 드는 것이다.

그리고 사내의 얼굴에 드러난 기질은 앞선 가정에 방점을 찍었다.

무인의 강직함은 찾아볼 수 없고, 오직 상인의 변덕스러움만이 느껴졌다.

'상대의 부족한 부분을 충족시켜 주는 게 최선이지.'

나를 낮춰 상대를 높임으로써 스스로 특별하다 여겼던 자존심을 세워 주는 것이다.

그런 최천강의 예상은 한 치도 벗어나지 않았다.

"대인? 하하하. 이거 참 살다 보니 대인 소리도 다 듣네."

사내는 자신의 아부에 어떤 거리낌도 느끼지 않았다는 듯 호쾌하게 웃어 보였다.

"하긴, 은악상단의 도방 정도면 대인 아니겠는가?"

그 말에 최천강의 입가에 회심의 미소가 머금어졌다.

'이게 웬 횡재냐!'

외견만으로도 거물임은 충분히 예상할 수 있었다.

그런데 도방이라니.

그것도 다름 아닌 은악상단의 도방이다.

밖으로 돌아다니는 이서하, 한상혁과는 달리 은악을 실질적으로 운영하는 핵심 인물.

이름을 밝힌 게 아니었지만, 사내의 정체를 알아채는 건 문제도 아니었다.

아니, 오히려 그렇게 해 준 것이 감사하게 느껴질 정도였다.

"변승원 도방님이신데 당연히 대인이라 칭해야 마땅하지 않겠습니까?"

"호오, 나를 아는가?"

"지금의 은악을 만드신 장본인이시지 않습니까? 이렇게 만나 뵙게 되어 영광입니다!"

물론 그런 소문은 들은 적도 없었고, 즉흥적으로 지어낸 말이다.

그러나 일면식도 없는 이가 이름도 알고, 체면까지 세워 준다.

최천강이 판단한 변승원은 절대 이를 고깝게 여길 사람이 아니었다.

"하하하, 거 소문이 이상하게 났나 보구만. 나는 그런 사람이 아닌데 말이야."

부정하듯 말하지만 슬며시 올려다본 그의 입가는 호선을 그리고 있었다.

정말이지 감정에 솔직한 사람이었다.

"그보다 계속 그리 있을 것인가? 그게 아니라면 얼른 일어나게. 내 용건이 있어 바쁜 와중에 찾아온 것이니."

"죄송합니다. 제가 생각이 짧았습니다."

최천강은 즉시 허리를 펴며 자세를 바로 했다.

이 정도면 밑밥은 얼추 뿌려 뒀으니, 때를 기다려 찌를 던지면 될 것이다.

"무슨 일로 찾아오신 것인지 여쭤도 되겠습니까?"

"내 자네를 찾아온 이유는 필요한 재료가 없나 알아보기 위해서다. 원하는 게 있다면 부담 없이 말하도록. 우리 은악상단에 없는 것은 없으니."

최천강은 빠르게 머리를 굴리면서도 변승원의 표정을 살

피는 것 또한 잊지 않았다.

저 말에 담긴 의미가 무엇인지, 그의 의도를 파악해야 지금까지의 노력이 헛수고가 되지 않을 테니까 말이다.

이번에도 답을 찾아내기까지 잠시의 시간이면 충분했다.

'빈말이구나.'

무엇이든 부담 없이 요구하라 말했지만, 표정은 전혀 다른 의미를 내비치고 있었다.

절대 자신을 귀찮게 하지 말라는 경고를 말이다.

알기 쉽게 나와 주니 오히려 고마운 일이었다.

'어차피 요구할 게 없기도 하고.'

주어진 과제는 실전용 검을 만들라는 것.

좋은 재료는 이미 주변에 충분히 갖춰져 있었으니 굳이 이것저것 요구할 것도 없었다.

그저 보유한 것으로 가장 좋은 질의 무기를 만들면 될 뿐.

기본에 충실하면 그만이고, 이는 동생이 가장 잘하는 분야였다.

그렇게 생각을 마친 최천강은 바로 미소를 머금으며 입을 열었다.

"필요한 것들은 대장간에 갖춰져 있어 대인께 별도로 요청드릴 건 없습니다."

"그런가? 정말 괜찮으니 부담 갖지 말고 솔직하게 말해도 되네."

"사실 그대로를 말씀드린 것입니다. 이렇게 미리 마련해 주신 것만으로 오히려 감사할 따름입니다."

"음…… 자네의 뜻이 정 그렇다면야."

못 이기는 척 넘어가듯 연기하지만 저렇게 티를 내면 모를 수가 있을까.

그럼에도 최천강의 최후의 최후까지 방심하지 않았다.

"공사가 다망하신 와중에 배려해 주신 것만도 몸 둘 바를 모르겠습니다."

"허어, 이 사람이 사람 다루는 데 도가 텄구만."

"저의 진심을 그리 보시니 섭섭합니다, 대인."

"그렇게 느꼈다면 미안하네."

멋쩍게 웃으면서도 기쁨을 감추지 못했지만, 최천강은 애써 모른 체하며 말을 이어 갔다.

"대인님의 귀중한 시간을 저 같은 놈 때문에 낭비해서야 되겠습니까? 제 뜻을 받아 주셨다면, 이만 더 중요한 일을 위해……."

그렇게 마지막 한마디로 쐐기를 박아 오늘의 만남을 성공적으로 끝맺으려는 찰나.

"저기…… 필요한 게 있긴 합니다만."

난데없이 불청객이 끼어들며 판을 뒤엎어 버렸다.

최천강은 눈치 없는 동생을 노려보고는 작게 한숨을 내쉬었다.

"천약아, 이미 대장간에 질 좋은 철과 강한 불이 있는데 우리가 못 만들 것이 뭐가 있느냐?"

"그래도…….."

"어허!"

혹여 지금까지의 노력이 물거품이 될지 몰라 서둘러 제지해 봤으나, 이미 변승원은 최천약에게 호의를 보이기 시작했다.

"그러면…….."

잠시 눈치를 보는 동생이었으나, 이내 당당하게 수많은 요구 사항을 토해 내기 시작했다.

"뇌어(雷魚)의 비늘, 벽조목(霹棗木), 그리고 석묵과 전백석(電白石). 이 모두를 구해 주실 수 있겠습니까?"

최천강은 눈을 지그시 감으며 주먹을 말아 쥐었다.

말하라 했다고 저렇게 다 이야기해 버리면 어쩌자는 것인가?

뇌어(雷魚)는 마수의 일종으로 벼락을 내뿜는 민물고기였다.

대부분의 마수 신체가 그러하듯 뇌어의 비늘 또한 특유의 광채 덕분에 매우 비싼 값에 거래되었다.

거기다 벽조목은 벼락을 맞은 대추나무로 그 희귀성 때문에 부르는 게 값이었으며 석묵과 전백석 또한 흔한 광석이 아니었다.

저 모습을 보라.

호기롭게 말했던 도방도 당황하고 있지 않은가.

"으음, 요구가 생각보다 많구나. 그 물건들이 다 있는지 좀 알아봐야 할 거 같은데."

"아닙니다! 도방님!"

최천강이 빠르게 끼어들었다.

잘못하면 상단 이인자한테 찍혀 나락으로 떨어질지 모를 상황이었다.

"제 동생 놈이 욕심이 많아 생각 없이 지껄인 것뿐입니다. 심각하게 받아들이실 필요 없이 흘려들으시지요."

"그런가?"

변승원은 바로 최천강의 말을 받아쳤다.

"그렇지? 검 하나 만드는 데 그렇게까지는 필요 없을 거야?"

변승원 역시 최천약의 요구가 부담스럽기는 마찬가지였던 것이다.

당장 뇌어의 비늘과 벽조목만 팔아도 얼마가 남는데 그걸 무상으로, 그것도 검증조차 되지 않은 대장장이에게 줄 수 있겠는가?

"뭐 다른 건 없나? 좀 평범한 걸로……."

그때였다.

"이거, 우리 변 도방 안 되겠네."

누군가 변승원의 어깨에 팔을 두르며 말했다.

"대장장이들이 부탁하는 건 세상 끝까지 가서라도 조달해 주라고 서하가 말했던 거 같은데?"

목석처럼 굳어 버린 변승원을 확인한 직후, 최천강은 즉시 옆으로 시선을 돌렸다.

조각과도 같은 미모를 가진 젊은 남자.

최천강은 이 남자가 누구인지를 아주 잘 알고 있었다.

"하, 한상혁 가주님."

은악의 가주.

한상혁.

대회 시작 연설을 했던 바로 그 남자였다.

"그래. 내가 가주 한상혁이다. 내가 가주란 말이지. 크흑."

왜인지 모르게 감격스러워하는 한상혁이었다.

최천강은 바로 아부해야 할 대상을 바꾸었다.

여기서는 무조건 한상혁의 마음에 들어야 하지 않겠는가?

그러나 한상혁의 시선은 최천약에게로 꽂혀 있었다.

"이름이 최천약. 맞나?"

"네, 맞습니다."

"원하는 걸 적어서 여기 변 도방에게 건네주게. 단 하나도 빼지 말고. 그럼 변 도방이 그 무엇보다 먼저 처리를 해 줄 거야. 안 그런가, 변 도방?"

"……맞습니다. 순식간에 처리해 줘야죠. 암요."

"안 그래도 정확한 양을 적어 놓았습니다. 잠시만요."

"참, 준비성이 좋은 친구네."

최천약은 준비했다는 듯 죽간을 꺼내 변승원에게 건넸다.

"그럼 잘 부탁합니다."

"그래, 나도 부탁 좀 할게. 변 도방."

"……최선을 다하겠습니다."

그렇게 변승원이 순식간에 사라지고, 한상혁과 최천약 또한 각자의 볼일을 위해 자리를 떠났다.

다시금 최천강 홀로 남게 된 상황이었으나, 분위기는 전과 확연하게 달랐다.

최천강의 표정은 심각하게 굳어져 있었으니 말이다.

과제도 그렇고 변승원이 찾아온 것도 그렇고.

모든 것이 잘 풀리고 있다 생각했다.

그런데 이 알 수 없는 위화감은 대체 뭘까?

'분명 수석 대장장이는 나라고 알려져 있을 텐데.'

왜 저 가주는 동생에게 더 관심을 보이는 것일까?

돌이켜 보면 이서하와 백성엽 또한 자신보단 동생에게 더 호의를 내비치고 있었다.

마치 동생에게 기대를 품고 있다는 듯이.

'그럴 리가 없다.'

그러나 최천강은 고개를 저으며 강하게 부정했다.

오로지 자신만이 알고 있으며, 그 누구에게도 밝힌 적이 없었으니까.

'걱정하지 말자.'

천심대의 수석 대장장이는 자신이고, 동료들 또한 그렇게 알고 있다.

어차피 야금술이 어떻게 이루어지는지도 모르는 관리들이

뭘 어쩔 수는 없을 것이다.

'기필코 이 도시를 내 것으로 만들리라.'

최천강은 그렇게 다짐하며 동생을 따라 작업장으로 몸을 돌렸다.

◆ ◆ ◆

심사 날이 밝았다.

사전에 공표했던 것처럼 심사위원석에는 총 다섯 사람이 자리했다.

백성엽 대장군, 대장장이 김씨, 해리슨 상회의 상단주 엘리자베스, 가주 대리 조수연, 그리고 내가 앉았다.

대장장이들은 우리 다섯 사람 앞에서 긴장한 듯 자신들의 작품을 꼭 껴안고 있었다.

"제가 태양석 제련법 받으려고 상단 일 다 내팽개치고 여기서 대기한 거 아시죠?"

"그런 것치고는 너무 잘 놀던데요. 볼 살이 완전히 오르셨는데."

찌릿! 하고 엘리자베스의 눈에서 안광이 쏘아져 나왔다.

"어쨌든 최천약이라는 분의 실력은 확인하고 가야겠어요."

"그러실 수 있을 겁니다."

최천약.

상혁이의 말에 따르면 그는 상상치도 못했던 재료들을 요구했다고 한다.

하지만 오히려 그 부분이 내 걱정을 더 덜어 주었다.

'평범했다면 실망했을 테니까.'

천재는 떡잎부터 알아본다고 하지 않던가?

넓고 아름다운 떡잎을 보여 줬으면 한다.

"그럼 슬슬 시작해 볼까요? 대장군님."

"언제든지."

나는 자리에서 일어나 단상 위로 올라갔다.

대장장이들이 환호하고 나는 흥분이 가라앉기를 기다렸다 입을 열었다.

"지금부터 심사를 시작한다. 하지만 심사에 앞서 먼저 탈락자부터 발표하겠다."

순간 모든 대장장이들이 숨을 죽였다.

다짜고짜 탈락자부터 호명하겠다고 하니 의아할 만도 하다.

그러나 원래 이러한 대회는 냉정한 법이다.

"명단을 펼쳐라!"

내 명에 따라 미리 준비한 탈락자 명단을 펼쳐졌다.

이번 대회엔 약 3,000여 명의 대장장이들이 각자의 조를 만들어 참가했다.

적게는 2명, 많게는 10명으로 조를 이루어 총 502조가 참여했는데, 그중에 정확히 127개 조가 바로 이 순간 탈락한 것이다.

"탈락이 확정된 자들은 왼편의 공터로 자리를 옮겨 주길 바란다."

대장장이들은 멍한 얼굴로 게시판만 바라보다 하나둘 분통을 터트리기 시작했다.

"뭐야? 뭔데? 검은 봐야 할 거 아니야!"

"도대체 기준이 뭡니까? 검도 보지 않고 탈락시키는 이유를 말해 주십시오!"

"맞습니다! 인정할 수 없습니다."

금방이라도 폭동을 일으킬 것만 같은 분위기였다.

그들의 심정을 모르는 것도 아니다.

결과물도 보지 않고 탈락이라니 화가 많이 나겠지.

하지만 탈락 이유는 매우 공정하고 확실하다.

"그럼 탈락 이유를 말해 주도록 하마. 탈락자 명단에 기재된 조는 검을 한 자루만 만들었기 때문이다."

"……!"

몇몇 대장장이들은 내 말뜻을 알아들은 듯 조용해졌으나 몇몇은 이해하지 못한 채 목소리를 높였다.

"한 자루만 만들라고 하지 않았습니까?"

"아니, 나는 검을 만들라고 했다. 그리고 그 검은 은악의 가주 한상혁을 위한 것이라고도 설명했지."

"그게 어떻다고……."

"한상혁 가주. 부탁하네."

나의 말에 상혁이가 기다렸다는 듯이 걸어 나왔다.

그런 그의 손에는 검은빛으로 빛나는 현철쌍검이 들려 있었다.

그제야 무능한 대장장이들마저 내 말의 진의를 이해할 수 있었다.

"한상혁 가주는 쌍검을 사용하는 무사다. 그렇다면 그를 위한 검은 당연히 쌍검이어야겠지. 그렇기에 한 자루만 준비한 너희들은 탈락이다."

"그, 그래도 저희가 만든 검을 직접 보신다면 생각이 바뀌실 수도 있지 않습니까?"

미련을 버리지 못한 이들이 말했지만 나는 고개를 저었다.

"아니, 보다시피 너무나도 많은 자들이 지원했고 난 일머리가 좋은 대장장이들을 원한다. 한마디 하면 척하고 찰떡같이 알아들을 수 있는 그런 인재들을 말이야. 아쉽지만 다음 기회에 다시 도전해 주길 바라지."

일머리는 중요하다.

은악은 숙련된 대장장이들이 실력을 뽐내는 곳이지 신입을 키우는 곳은 아니니 말이다.

"에휴. 이 멍청한 놈! 멍청한 놈!"

"뭐야? 진짜 끝입니까? 끝이냐고요?"

탈락한 대장장이들이 자책하며 밖으로 나가고 안에는 이제 375개 조가 남아 있었다.

그래도 생각보다 많은 조가 첫 번째 함정을 돌파해 냈다.

내 역할은 여기까지다.

검이라면 나보다 훨씬 잘 보는 사람들이 모여 있으니까.

"그럼 한 조씩 차례대로 심사를 받는다. 1번 조부터 앞으로 나오도록."

이윽고 감독관들의 안내에 따라 차례대로 대장장이들이 검을 가지고 나타났다.

1번으로 나타난 중년의 남자는 자신 있는 얼굴로 아름다운 쌍검을 내밀었다.

"이 쌍검의 이름은 천지개벽으로 하늘과 땅을 표현해 보았습니다."

"호오."

솔직히 감탄했다.

전체적으로 푸른색 빛을 띠는 검과 갈색빛을 뽐내는 검이었다.

게다가 검신에 물결무늬가 있어 아름다움을 더하고 손잡이 또한 하늘과 땅에 어울리는 조각이 새겨져 있었다.

'이건 그냥 팔아도 값이 엄청 나가겠는데.'

그렇게 나 혼자 감탄하고 있을 때였다.

"이건 못 쓰네."

대장장이 김씨가 거친 목소리로 말하며 검을 들었다.

"이렇게 만들면 너무 약해. 봐봐라."

그리고는 자기 도끼를 내려쳤다.

챙! 하는 소리와 함께 검이 부러진다.

대장장이의 얼굴이 하얗게 질리고 나 또한 마찬가지였다.

저 아까운 걸 저렇게 부러트려 버리면 어떡하나?

장식용으로 쓰면 되잖아.

그때 옆에서 백성엽이 말했다.

"색을 내기 위해 기본적인 걸 잊었군. 검은 전쟁에서 쓰는 것이다. 강도가 그 무엇보다 중요하지. 그런 의미로 이 검은 쓰레기다."

옆에 있던 엘리자베스도 한마디를 덧붙였다.

"장식용으로는 쓸 만하겠지만 대회 취지에도 맞지 않고 또 제작비도 상당히 들었다고 들었는데요."

"네, 맞습니다. 제작비가 꽤 들어갔어요."

조수연은 각 조가 사용한 재료의 가격을 전부 알고 있었다.

"그럼 상품성도 없네요."

"……그, 그래도 저는 꽤 멋지다고 보았습니다."

"……죄송합니다."

중년 대장장이가 고개를 숙이고는 부러진 검을 주섬주섬 챙겼다.

금방이라도 울 것만 같은 얼굴이다.

이거 아무래도 몹쓸 짓을 해 버린 것만 같다.

괜히 잘살고 있던 대장장이 하나 데리고 와서 완전 박살 낸

꼴이잖아.

"수고하셨습니다."

1조의 대장장이가 고개를 꾸벅 숙이며 사라지고 다음으로 2조의 대장장이가 긴장한 얼굴로 나타났다.

"저기, 조금만 살살 하면 안 되겠습니까? 같은 탈락이더라도 말이죠."

"전 솔직하게 말할 뿐입니다. 도련님."

"맞네. 냉정하고 솔직한 지적을 받아야만 더 나은 인간이 될 수 있는 법이지."

"……."

말이 안 통한다.

'지옥이네.'

이곳 은악은 아무래도 대장장이 천국이 아니라 지옥이었던 모양이다.

최천약만 잘 심사해 보도록 하자.

살벌한 심사가 계속된다.

최천강은 긴장한 얼굴로 자신의 차례를 기다렸다.

"기준이 매우 높은 거 같은데? 천강아, 괜찮겠지?"

"……괜찮을 거야. 그걸 말이라고 하나?"

최천강의 조는 468조라는 늦은 번호를 받았다.

처음에는 뒤에 심사를 받아 더 확실한 평가를 받을 수 있다며 좋아했지만 그 생각이 달라지는 데는 오래 걸리지 않았다.

200번 대의 조까지 심사를 받은 지금 통과한 이들은 고작 10조 정도.

그것도 대부분 겨우 통과할 수준이라느니, 기본은 한다느니 같은 평가를 받으며 가까스로 합격 통보를 받은 것이었다.

그러다 보니 매도 빨리 맞는 게 낫다고 탈락하든 말든 당장 심사받고 싶은 마음뿐이었다.

그러나 동생 최천약은 전혀 걱정 없다는 듯 콧노래나 부르고 있었다.

"천약아. 너는 자신이 있는 모양이다?"

"심사가 정확한데 뭐가 걱정이겠습니까? 저희의 검을 믿으면 됩니다, 형님."

동생의 말대로다.

'맞아, 천약이의 검은 세계 제일이다.'

걱정할 필요가 없다.

'나만 잘하면 돼.'

그렇게 생각할 때였다.

"다음 468조 나오도록."

드디어 차례가 돌아왔다.

최천강은 마치 자기가 만든 것처럼 직접 검을 들고 앞으로 나아갔다.

아무리 동생이 중요한 일을 전부 담당했다고 하더라도 수석 대장장이는 최천강이었으니 당연한 일이었다.

"제가 만든 검. 뇌광검입니다."

최천강은 자신 있게 상자를 열었다.

안에는 노란빛으로 빛나는 얇은 쌍검이 들어 있다.

최천강은 심호흡을 한 뒤 설명을 시작했다.

"한상혁 가주님은 쾌검(快劍)의 달인이라 들었습니다. 하여 검신은 얇고 적당한 길이의 검을 만들어 보았습니다. 또한 뇌어의 비늘과 석묵, 전백석을 섞어 뇌의 기운을 잘 흡수할 수 있게 만들었으며 벽조목으로 손잡이를 만들어 한상혁 가주님의 강대한 내공에도 버틸 수 있도록 했습니다."

전부 동생이 알려 준 대로 읊은 것이었다.

"흐음."

대장장이 김씨는 검을 이리저리 둘러보더니 자신의 도끼에 한번 내려쳐 보았다.

이번에는 도끼의 이가 나갔다.

"쯧, 더럽게 날카롭게도 했네. 흠잡을 데가 없어."

최천강은 미소를 지었다.

'당연하지.'

누가 만들었는데 말이다.

그다음으로 검을 든 것은 백성엽이었다.

그는 뇌의 기운을 조금 불어넣더니 고개를 끄덕였다.

"호오, 정말로 뇌의 기운을 누수 없이 잡아내는군."

보통의 강철검은 어떤 성질의 기운이든 그대로 잡아 두지 못하고 바로 방출한다.

그 때문에 그 어떤 고수라도 일반적인 검으로는 제 실력의 반도 내지 못하기 마련이었다.

그러나 뇌광검은 뇌의 기운을 담아내는 데 특화되어 있었다.

"명검이군."

백성엽마저 합격점을 주었다.

엘리자베스와 조수연은 아무런 말도 하지 않았다.

이미 대장장이 김씨와 백성엽 대장군이 인정한 것만으로도 통과는 확정이었다.

'됐다.'

최천강은 속으로 쾌재를 불렀다.

이대로 가면 은악의 수석 대장장이는 자신이 차지할 수 있을 것이었다.

그러나 그때였다.

"이걸 최천강 당신이 직접 만든 건가?"

이서하가 갑작스럽게 질문을 던져 왔다.

그러나 이 정도의 질문은 예상하였다.

"네, 제가 직접 만들었습니다. 물론 저의 동료들이 많은 도움을 주었지만요."

"그러니까 이 검을 처음 생각해 낸 것부터 재료를 주문하고 단조해 낸 것이 그쪽이라는 말인가?"

"그렇습니다."

"그래?"

의미심장한 질문에 최천강은 침을 삼켰다.

설마 동생이 전부 만들었다는 것을 눈치챈 것일까?

아니, 그럴 리가 없다. 검에 누가 만들었다고 이름을 적은 것도 아닌데 처음 보는 이 선인이 그것을 어찌 알겠는가?

'그리고 자기가 못 믿으면 어쩔 건데?'

평정심을 유지하자.

이서하가 어떤 의심을 품든 그건 근거 없는 추측일 테니까.

"그럼 한 가지만 물어보지. 뇌어의 비늘을 강철과 혼합하면 무슨 효과를 가지는지 아는가?"

"……."

최천강은 잠시 표정을 굳혔다.

그런 건 동생이 알아서 생각해서 넣지 않았겠는가?

'쓸데없는 질문을 하고 있어.'

예상치도 못한 질문에 잠시 당황했던 최천강은 이내 평정심을 되찾고 말했다.

알 게 뭐냐?

어차피 이서하 선인도 정답은 모를 테니 적당히 말하면 되리라.

"뇌의 기운을 담아낼 수 있습니다."

"하나 더 있는데."

"……하나 더 있죠."

최천강은 얼떨결에 말을 잇고는 당황했다.

효과가 하나 더 있다니.

그게 무슨 말인가?

애초에 그런 걸 선인인 이서하가 어떻게 아는가?

그렇게 동공이 흔들릴 때였다.

"뇌어의 비늘과 강철이 섞이면 강도가 올라가 더 얇고 날카롭게 벼려 낼 수 있습니다. 굳이 뇌의 기운을 잡지 않더라도 쾌검을 만들 때는 이러한 비늘을 사용하는 것이 효과적입니다."

뒤에서 듣고 있던 최천약이 참지 못하고 끼어든 것이었다.

"최천약! 누가 끼어들라고 했나!"

최천강이 당황해 외치는 순간 이서하가 그의 어깨를 밀쳐내며 최천약에게로 다가갔다.

"그래, 맞다. 뇌어의 비늘은 그런 효과가 있지. 나도 어디 책에서 읽어서 알거든."

"오오! 그 책 저도 봐도 되겠습니까?"

"그럼 봐도 되지. 그보다 먼저…….."

이서하는 최천강의 어깨에 손을 올리며 말했다.

"그대가 모든 것을 지휘하고 만들었다고 하지 않았나? 어째서 동생보다 모르는 것인가?"

"그, 그것이……."

최천강은 긴장한 듯 이서하를 바라봤다.

감히 재신(宰臣)이자 선인인 이서하를 속이려고 했다.

이 자리에서 목이 날아가도 이상하지 않다.

그러나 이서하는 인자한 미소와 함께 말했다.

"좋은 동생을 두었으니 이 일은 그냥 넘어가도록 하지."

"……감사합니다."

"앞으로는 감히 날 속이려 하지 말거라."

최천강의 귀에 속삭인 이서하는 미소와 함께 결과를 발표했다.

"468조! 통과!"

최천약의 떡잎을 봄과 동시에 첫 번째 과제가 끝이 났다.

첫 번째 과제가 끝나고 살아남은 대장장이들은 모두 숙소로 돌아갔다.

1차를 통과한 것은 고작 30여 조 정도뿐.

생각보다 너무 많은 대장장이들이 탈락했다.

엄밀히 말하자면 꽉 막힌 사람들을 심사위원으로 앉힌 내 잘못이지만 말이다.

백성엽 대장군이야 그렇다 치더라도 김씨 할아버지까지

그렇게 깐깐할 줄은 몰랐다.

대장장이는 그냥 취미로 하시는 거 아니었나?

게다가 조수연과 엘리자베스까지 나서며 가성비가 좋지 않은 검은 다 쳐 냈으니 어중간한 대장장이는 살아남을 수가 없었다.

그래도 불행 중 다행이라면 실력 있는 대장장이가 꽤 있었는지 나름 최소한의 인원은 확보할 수 있었다.

'은악의 대장장이들까지 전부 합치면 얼추 돌아가긴 하겠네.'

이제부터는 인재 육성에 조금 더 힘을 쓰는 수밖에 없을 것만 같다.

그렇게 합격자를 쭉 살피던 나는 최천강의 이름을 가리키며 말했다.

"상혁아, 최천강에 대해서는 어떻게 됐어?"

"다 알아봤지."

상혁이는 의기양양하게 보고서를 내밀었다.

"그 동네 사람들은 최천강을 무슨 엄청난 장인으로 알고 있더라고."

안 봐도 눈에 선하다.

'동생의 작업물로 명성을 얻었군.'

아마도 최천약의 작품을 자기가 만든 것마냥 팔았겠지.

물론 그쪽 집안일이고 둘 다 그 상황에 만족한다면 내가 끼어들 일은 아니다.

그러나 은악의 수석 대장장이를 뽑는 일이라면 상황이 다르다.

본업보다 정치를 더 신경 쓰는 사람에게 은악을 맡길 수는 없다.

"동생은? 실력은 동생 쪽이 낫던데 뭐 소문 같은 건 없어?"

"그게 말이야. 이상하게 동생은 안 좋은 쪽으로 말이 많더라고."

"안 좋은 쪽으로?"

딱 봐도 쇠만 두드리는 사람 같은데 안 좋은 쪽으로 말이 많을 이유가 있을까?

"자기 아빠를 죽였다고 하던데?"

"뭐? 그런 일이 있었다고?"

"직접 죽인 건 아니고 화재 사고가 있었나 봐. 그게 최천약이 불을 제대로 관리하지 않아서 난 사고라고 하더라고."

"누가 그래?"

"최천강의 동료들이."

그런 일이 있었단 말이지?

그런데 뭔가 이상하다.

난 일단 고개를 끄덕이며 말했다.

"수고했다. 용케도 빨리 알아냈네."

"내가 누구냐? 은악의 한상혁……"

"후암의 정보야."

상혁이가 한껏 기분을 내고 있을 때 아린이가 내 옆에 앉으며 말했다.

"내 능력이지. 상혁이 능력이 아니라."

"네 아빠 능력이지, 어떻게 네 능력이냐?"

"우리 아빠 능력이 내 능력인 거야. 나를 통해서 갔으니까."

"그래, 너 잘났다."

"알고 있어. 이 정도는 잘나야 서하랑 만나지. 안 그래?"

아린이는 나를 향해 미소를 지었다.

"……."

뭐라고 답해야 할지 모르겠다.

이럴 때는 일 얘기를 하는 게 정답이다.

"최천강이라는 사람은 떼어 내야겠네."

"괜찮겠어? 최천약이라는 사람이 자기 형한테 의지하고 있을 수도 있잖아."

상혁이의 말도 일리가 있다.

원래 천재라는 족속이 다른 쪽으로는 무언가가 결여된 경우가 많다.

최천약의 경우 대장장이 일을 제외한 모든 분야에서 형에게 의존하고 있을 가능성이 있었다.

"그래도 최천강은 안 돼. 권력을 탐하는 사람은 효율적이지 않아. 그보다는 조수연 씨가 행정 부분을 관리하는 편이 좋지."

최천강이 은악의 수석 대장장이, 아니 그냥 최천약 옆에서 권력을 휘두르는 것만으로도 파벌이 생기고 상황이 악화할 것이 뻔했다.

원래 권력만을 좇는 사람은 그런 성향을 가지고 있다.

막말로 그가 대장장이들을 모아 파벌을 형성한 뒤 가주 대리와 반목한다면 골치 아프다.

은악은 나찰과 전쟁이 끝나기 전까지 이 나라의 무기고로써 그 역할을 해내야 하는 곳이다.

그때 아린이가 말했다.

"적당히 돈을 쥐어 주면서 보내면 되지 않을까? 아니면 협박이라도 하든가."

"그렇게 처리하기는 힘들 거야."

최천강은 이미 은악을 보았다.

이곳의 수석 대장장이가 되면 얼마나 큰 권력을 가지게 될지 계산이 끝난 상태겠지.

그러니 돈으로는 매수가 불가능할 것이다.

협박은 역으로 최천약을 잃을 수 있으니 선택할 수 없다.

"공정하게 떨어트려야지."

아직 두 번째 과제가 남았다.

심사가 끝나고 숙소로 돌아온 최천강은 신경질적으로 외

투를 벗어 던졌다.

"이런 씨바아아아아아알!"

심사장에서의 추태가 계속해서 머리에 맴돌았다.

백성엽과 이서하.

어떻게든 두 사람의 눈에 잘 보여서 수석 대장장이가 될 생각이었던 최천강으로서는 돌이킬 수 없는 실수였다.

게다가 그 광경을 동료들이 보고 있었다는 것도 문제였다.

겉으로는 당황해하며 위로의 말을 건넸지만, 속으로는 얼마나 비웃었을까?

"후우."

모든 것을 잃을 수도 있다.

그런 불안감이 들기 시작했다.

그때 방 안으로 동생이 들어왔다.

"형님, 괜찮으십니까?"

최천강은 애써 평정심을 되찾으며 동생에게로 시선을 돌렸다.

불에 그을린 갈색 피부.

굵은 팔과 몸통을 가졌으나 키가 작은 동생은 누가 봐도 볼품없어 보였다.

최천강은 작게 한숨을 내쉰 뒤 말했다.

"천약아, 뇌어의 비늘이 갖는 효과 같은 건 미리미리 알려 줬어야지."

"그건 제가 드린 책에 적혀 있었을 텐데……."

"그래서 안 읽은 내 잘못이다?"

"아닙니다. 제가 요약을 잘해서 말해 드렸어야 했는데. 헤헤헤."

최천강은 헤실헤실 웃는 최천약을 못마땅하게 바라보았다.

'멍청한 새끼…….'

대장장이로서는 왕국 최고일지 몰라도 다른 부분에서는 멍청하기 그지없다.

덕분에 이용하기 쉬운 것도 있었지만.

그 순간 불현듯 한 가지가 최천강의 머리를 스쳤다.

'잠깐, 이거…….'

심사 당시, 이서하와 백성엽은 동생의 실력에 반한 눈치였다.

이해는 간다.

그 정도의 검을 만들어 낼 수 있는 장인은 온 왕국을 뒤져도 손에 꼽을 테니 말이다.

다른 대장장이들에게 보인 반응까지 생각한다면 동생이 수석 대장장이 자리에 앉지 않을까?

'그렇다면…….'

은악에 남을 수만 있다면 최천강 자신 또한 그 권력을 휘두를 수 있다는 뜻이 된다.

어차피 동생은 검 만드는 것 말고는 할 줄 아는 게 없으니 정치는 형이 대신 해 줄 수밖에.

거기까지 생각이 닿은 최천강은 동생의 어깨를 잡으며 말했다.

"괜찮다. 실수할 수도 있지. 그런데 네가 실수하는 바람에 내가 떨어질 수도 있겠다는 생각이 들어서 말이야."

"에이, 형님이 떨어질 리가 있겠습니까?"

"그렇지? 하지만 혹시 모르지 않느냐? 그러니 만약 너만 합격하는 일이 생긴다면 확실하게 말해야 한다. 나와 같이 합격하지 않으면 은악에서 일하지 않겠다고."

"……."

순간 최천약의 동공이 흔들렸다.

형의 말이라면 무조건 '네.'라고 대답하던 그가 차마 답을 하지 못한 것이었다.

최천강은 그런 동생의 어깨를 강하게 잡았다.

"대답해야지. 천약아."

"그, 그것이 저도 기회만 된다면 여기서 일을 하고 싶습니다. 형님."

최천약에게 있어 은악은 그야말로 지상 낙원이었다.

시골에서는 찾아볼 수도 없는 재료들이 무한으로 제공되었고 최고의 장비들이 갖추어져 있었다.

최천강은 용기 내 말한 동생을 가만히 내려다보다 나지막이 중얼거렸다.

"설마 네 실수로 우리 가문의 대장간이 전부 불탄 걸 잊었느냐?"

"……."

"그 안에 아버지가 계셨지. 너 때문에 아버지가 불타 돌아
가셨다. 천약아, 이걸 어머니에게 말해도 되겠느냐?"

"……저, 절대로 안 됩니다."

최천약이 허둥거리자 최천강은 더욱 강하게 동생을 몰아
붙였다.

"그래, 그렇잖아? 어렵지 않아. 그냥 나와 운명 공동체가
되면 되는 일이야. 은악에 남아도 함께, 떠나도 함께. 그럴 거
지? 동생아."

"무, 물론입니다. 형님."

"그래, 그럼 나가 봐."

동생이 밖으로 나가고 최천강은 조소를 머금었다.

아버지가 죽었던 그날.

최천강은 헐레벌떡 뛰어나온 최천약에게 이렇게 말했다.

"네가 마지막으로 대장간을 사용하지 않았느냐? 불씨는 잘
껐느냐?"

최천약은 완전히 넋이 나가 모르겠다고 답했다.

그리고 그 순간 최천강은 그에게 모든 죄를 뒤집어씌웠다.

"불은 내가 질렀는데 말이지."

고작 불씨로 대장간이 불타겠는가?

순수한 동생 덕분에 일이 잘 풀렸다.

"그러게 왜 순리를 따르지 않으셔서."

아버지는 실력이 좋은 동생에게 대장간을 넘기겠다고 했다.

그렇게 되었다가는 먹고살 길이 막막해지지 않겠는가?

그래서 죽였다.

어차피 동생만 예뻐하던 아버지다.

대장장이가 되기 싫다는 최천강에게 있어서는 최악의 아버지였다.

그렇기에 죽어도 눈물 한 방울 나오지 않았다.

"죽어서도 도움이 많이 됩니다. 아버지."

최천강은 그렇게 중얼거리며 다음 날을 기다렸다.

"다음 과제는 뭐려나?"

이제는 뭐가 되든 아무 상관도 없겠지만 말이다.

첫 번째 과제가 끝나고 약 5일 정도가 지나 두 번째 과제 날이 밝았다.

최천강은 한적해진 광장을 돌아보다 이서하를 올려다보았다.

"두 번째 과제는 문제 풀이다. 앞에 적혀 있는 문제의 답을 적어 내도록 하라."

두 번째 과제는 쉬운 문제 풀이였다.

아니, 정확히 말해 수준급의 대장장이에게는 쉬운 문제 풀이였다.

역시나 다른 대장장이들은 수월하게 문제를 풀어 나갔으나 최천강은 단 한 글자도 적지 못했다.

'망할, 하나도 모르겠군.'

하지만 어차피 답안지를 작성할 생각은 없었다.

최천강은 당당하게 백지 상태로 시험 시간이 끝나기를 기다렸다.

그렇게 채점이 끝나자 이서하가 직접 찾아왔다.

"최천강, 최천약 형제. 잠깐 대화를 나눌 수 있을까?"

그렇게 방으로 따라 들어가자 이서하가 백지를 내밀며 물었다.

"백지를 냈더군. 답을 못 적은 것인가, 안 적은 것인가?"

"어차피 우리 조에서는 한 명만 내면 되는 거 아니겠습니까?"

"개인전이라고 말했을 텐데? 못 들은 건가?"

"……."

최천강은 눈 하나 깜빡하지 않았다.

"그래. 안 적었든, 못 적었든 최천강 너는 탈락이다. 지금까지 수고 많았다. 고향으로 돌아갈 경비는 주도록 하지."

그렇게 말할 줄 알았다.

그러나 최천강에게는 비장의 수가 있었다.

"그럼 제 동생도 돌아가겠습니다."

"그쪽 동생은 이렇게 훌륭한 답안지를 적어 냈는데?"

그러자 최천강이 조소와 함께 고개를 절레절레 흔들었다.

"저희 형제는 한 몸과 같습니다. 한 명이 남으면 나머지 하나도 남아야 하고, 한 명이 떠나면 나머지 하나도 떠나는 것이죠."

선택권을 이서하에게 넘기는 것이었다.

'재신이라고 해 봤자 별거 없군.'

거래라는 건 더 절박한 쪽이 질 수밖에 없었다.

이렇게 개인적으로 불러 이야기를 한다는 것은 어지간히도 동생을 원한다는 뜻이었다.

그렇기에 최천강은 더 강하게 나갔다.

"어쩌겠습니까? 뭐 큰 건 바라지도 않습니다. 그냥 동생 옆에서 일이나 하게 해 주시면 감사하겠습니다."

"안 된다고 한다면?"

"동생을 데리고 돌아가겠습니다."

그 말과 함께 최천강은 동생을 돌아봤다.

긴장한 얼굴.

하지만 동생은 절대로 자신을 거역하지 못한다.

그러나 이서하는 헛된 희망을 품으며 말했다.

"그건 당사자의 생각도 들어 봐야 하지 않겠나?"

"들어 보나 마나일 것입니다."

최천강은 자신만만하게 말했다.

"동생은 제가 없으면 안 되니까요. 그렇지, 천약아?"

"그래도 한번 물어보지. 최천약. 그쪽은 어떻게 할 생각인가? 만약 여기 남겠다고 한다면 수석 대장장이 자리를 제안할 생각이다."

수석 대장장이.

생각대로다.

이서하는 동생을 강하게 원하고 있었다.

여기서 동생이 '전 형과 함께할 것입니다.'라고 말한다면 자신이 이 도시의 실질적인 수석 대장장이가 될 수 있는 것이다.

최천강은 애써 흥분을 가라앉히며 말했다.

"하, 그런 자리를 제안한다고 우리 형제의 우애가……."

그때였다.

"저는 여기 남겠습니다."

최천강은 놀란 얼굴로 동생을 바라봤다.

그런 그에게 최천약은 확인 사살을 하듯 답해 주었다.

"혼자 돌아가 주십시오, 형님."

"지금 무슨……."

그 순간 최천강은 뭐에 홀린 듯 이서하를 바라봤다.

예상했다는 듯 미소 짓고 있는 이서하.

그런 그와 흔들림 없이 눈을 맞추고 있는 동생.

그 순간 최천강은 깨달았다.

'……이서하!'

자신이 이서하와 동생이 짠 판에서 놀아나고 있었다는 것을.

◆ ◆ ◆

두 번째 과제를 시작하기 하루 전.

후암으로부터 한 통의 보고서가 날아들었다.

- 최천약의 실수로 불이 났을 가능성은 미미함. 또한 화재 발생 전 최천강이 많은 양의 기름을 샀다는 것이 확인됨.

예상대로다.

'애초에 불씨가 남아 대장간에 불이 난다는 게 말이 안 되긴 하지.'

대장간은 불을 다루는 곳으로 불에 탈 만한 것이 거의 존재하지 않는 공간이다.

그런 곳이 불씨 하나 남았다고 활활 타오른다고?

거기다 숙련된 대장장이가 빠져나오지도 못할 정도로?

조금이라도 생각이란 걸 할 줄 알면 그것이 거짓임을 간파할 수 있다.

'최천약은 혹시나 하는 죄책감에 판단을 못 한 것 같지만.'

형이 너 때문이라며 계속해서 압박하면 정말로 자기 때문이라고 세뇌될 수밖에.

당시 최천약의 나이가 고작 17살이었다는 것을 생각한다면 무리도 아니다.

하지만······.

'최천강. 너는 그랬으면 안 됐어.'

이제 최천강에 대한 판단은 완벽하게 끝났다.

그는 내가 증오하는 간신들과 다를 것이 없는 사람이었다.

자신의 목적을 위해서라면 다른 누군가의 불행 따위는 신경도 쓰지 않는 그런 유의 사람.

지금 당장 목을 베도 전혀 죄책감이 들지 않을 것만 같다.

나는 그렇게 생각하며 보고서를 계속해서 읽어 내려갔다.

- 최천약의 죄책감을 덜어 주기 위해 어머니의 친필 편지를 보내 드렸습니다. 이는 최천강을 처벌하지 않겠다는 전제로 보내 준 것입니다. 이를 참고해 주시기 바랍니다.

보고서가 들어 있던 봉투 안에는 봉인된 편지도 함께였다.

'내용은······.'

굳이 확인해 보지 말자.

최천약에게 봉인된 편지를 주는 편이 더 나을 테니까.

그렇게 판단한 나는 바로 최천약을 몰래 불렀다.

"부르셨습니까, 선인님."

"줄 게 있어서 불렀다. 가까이 와서 받아 가게."

최천약은 조심스럽게 다가와 봉인된 편지를 받아 들었다.

"이것이 무엇입니까?"

"자네 어머니께서 보내신 편지야."

"어머니의 편지요?"

"거기 앉아서 열어 보게."

최천약은 긴장한 얼굴로 편지를 펼쳐 보았다.

그렇게 천천히 편지를 읽어 내려가던 최천약의 얼굴이 점점 굳어지기 시작했다.

그리고 잠시 후엔 믿을 수 없다는 듯 물었다.

"이게 진짜 어머니의 편지가 맞습니까? 저희 어머니는 글을 모릅니다."

"내 사람이 대신 써 준 거네. 믿지 못할 것을 예상해 모친의 물건을 함께 보냈다 했으니 확인해 보게."

최천약은 편지 봉투를 털었다.

그러자 안에서 반지 하나가 뚝 떨어졌다.

흔하디흔한 강철 소재의 반지.

그러나 그 표면에는 어디서도 볼 수 없는 수많은 문양이 새겨져 있었다.

아버지가 직접 만들어 선물한 세상에 단 하나뿐인 반지.

최천약은 반지를 살펴보다 허탈하게 숨을 내뱉었다.

"어머니의 반지가 맞습니다."

"그럼 혹시 내가 편지 내용을 봐도 괜찮겠나? 아니, 안 된다고 해도 볼 생각이지만."

"……그러시다면."

최천약은 숨을 죽이고 편지를 내밀었다.

편지의 내용을 요약하자면 이러하다.

- 그날 밤, 대장간에 불이 난 것은 너의 실수 때문이 아니었
단다. 네 형이 불을 지른 것이지. 미안하구나. 네 형이 죽었다
고 하면 사형을 면치 못할 것이기에 모르는 척 숨겨 왔다. 부
디 이 못난 어미와 네 형을 용서해 다오.

답답함과 씁쓸함이 편지를 읽은 나를 덮쳐 왔다.

사랑스러운 아들이 지아비를 죽인 살인범이란 걸 알게 된
순간 어미는 무슨 생각을 했을까?

아마 꽤 많은 사람이 둘 다 잃지 않기 위해 범죄 사실을 은
폐했을 것이다.

편지의 내용대로 만약 최천약의 모친이 그 당시 솔직하게 증
언했다면 최천강은 패륜아로 낙인찍혀 극형에 처했을 테니까.

이 나라에서는 충과 효를 제일로 여기니 말이다.

나는 편지에서 눈을 떼고 최천약의 상태를 살폈다.

나 또한 먹먹해질 정도니 당사자는 어떻겠는가?

"충격이 꽤 클 거 같은데. 괜찮나?"

"네? 네, 괜찮습니다. 괜찮을 겁니다."

전혀 안 괜찮아 보인다.

하지만 그래도 나는 내 일을 해야만 한다.

"위로하려고 하는 건 아니지만 난 자네를 이 은악의 수석 대장장이로 세우려고 하네."

"……저를요?"

최천약은 자신 없다는 듯 고개를 흔들었다.

"저는 그럴 인물이 안 됩니다. 그냥 검만 만들 줄 알지……."

"그거면 충분하네. 나머지 일은 변승원 도방과 조수연 가주 대리님이 알아서 할 테니까. 아니, 오히려 난 검만 만들었으면 좋겠어. 쓸데없이 파벌 같은 거 만들지 말고."

"……"

"그런 의미로 형은 돌려보낼 생각이네. 자기 아버지를 죽이는 그런 놈은 딱 질색이거든."

그런 패륜아와 투덕거리는 건 한 번으로 충분하다.

"어떻게 하겠는가? 시골로 돌아가겠는가? 아니면 형을 보내고 이곳에 남아 수석 대장장이가 되겠는가?"

"저는……."

그날 들었던 답은 최천강과 만난 당일에도 똑같이 들을 수 있었다.

"저는 여기 남겠습니다."

"……!"

최천강의 놀라는 얼굴이 아주 보기 좋다.

있지도 않은 동생의 약점을 잡고 나를 협박할 때는 정말 가만히 보고 있기 힘들었는데 말이다.

"혼자 돌아가 주십시오, 형님."

"지금 무슨……."

그리고는 나를 휙 돌아본다.

이제 상황 파악이 되었나 보다.

"그렇다고 하는데? 그만 돌아가 주겠나?"

"천약아, 우리 어머니가 너의 실수를……."

끝까지 추하다.

그 순간 최천약이 눈물을 머금고 말했다.

"다 알고 계십니다."

"뭐?"

"어머니는 그날 있었던 일을 다 알고 계십니다."

최천강의 울대가 움직이는 것이 선명하게 보였다.

긴장되겠지.

자기가 불을 질렀다는 게 알려지면 지금이라도 극형에 처해질 테니 말이다.

하지만 최천약은 자기 형을 죽일 만큼 단호한 인물은 되지 못했다.

"제가 실수로 불을 낸 것을 전부 알고 계시더군요. 그러니 이곳에 남아 나라를 위해 힘쓰라고 하셨습니다."

"……그, 그래?"

최천강은 안도의 한숨을 내쉬며 자리에서 일어났다.

"그럼 뭐 어쩔 수 없지."

생각보다 깔끔하게 포기하는 최천강이었다.

"동생을 잘 부탁합니다. 선인님."

최천강은 그렇게 고개를 숙였다.

"그래, 물러가 보도록 해라."

최천강은 인사를 한 후 밖으로 나갔다. 최천약이 바라는 대로 최천강은 안전하게 떠난 것이다.

"이거면 된 거냐?"

"네. 이것이 옳은 일이라 생각됩니다."

"형을 용서하는 것인가?"

"아뇨, 그럴 수는 없죠."

최천약은 형이 나간 문만을 씁쓸하게 바라봤다.

"하지만 한 명이라도 돌아가 어머니를 모셔야 하지 않겠습니까?"

"그래, 그래야지."

역시나 착한 쪽이 손해를 보는 세상이다.

그리고 난 그런 세상이 너무나도 싫다.

'이 세상의 이치를 잘 아는 어른이 해결해 줘야지.'

마무리를 하러 가 보자.

Chapter 96.

숙소로 돌아온 최천강은 가장 먼저 동생의 방으로 향했다.

'망할 자식!'

다시 시골로 돌아가라고?

그 소똥 냄새나 나는 곳에서 평생 농기구나 만들며 살 수는 없었다.

그렇게 동생의 방을 뒤지던 최천강은 침대 밑에서 상자를 발견할 수 있었다.

수많은 죽간과 종이에는 그동안 동생이 연구해 온 기술들이 빼곡하게 적혀 있었다.

'이것만 있으면 된다.'

뇌어의 비늘을 강철과 섞는 방법 또한 누구든 따라 할 수 있을 정도로 자세하게 적혀 있었다.

'만약 천약이가 죽으면 이 기록의 값어치는……'

상상할 수 없을 정도로 올라갈 것이다.

'한몫 당기자.'

어차피 수석 대장장이가 되는 건 물 건너갔다.

동생을 죽이고 사고사로 위장한 뒤 이 기록들을 이서하에 게 팔아넘긴다면 운성이든 어디든 가서 편안하게 여생을 살 수 있을 것이다.

그렇게 동생의 작업 기록 일지를 전부 챙긴 최천강은 본인 의 방으로 돌아가 동생이 돌아오기만을 기다렸다.

그렇게 한참 뒤.

누군가 최천강을 찾아왔다.

"최천강 씨 되십니까?"

기다리던 동생은 아니었다.

최천강은 인상을 찌푸리며 손님을 맞이했다.

"접니다만."

허름한 차림의 하인은 편지를 하나 건네주었다.

"동생분께서 보낸 편지입니다."

"편지?"

최천강은 인상을 찌푸리며 편지를 열어 보았다.

- 오늘 일은 죄송하게 되었습니다. 형님. 그래도 마지막 날인 만큼 같이 저녁 식사라도 하며 오해를 풀고 싶습니다. 술시(戌時)에 삼강 주막에서 뵙겠습니다.

최천강은 피식 웃었다.

"무른 놈."

기회를 이렇게 직접 주겠다면 마다할 이유가 없다.

게다가 삼강 주막은 산 중턱에 위치한 주막이 아니던가.

적당히 술을 마신 뒤 산길에서 밀어 버리면 누가 봐도 사고사로 보일 것이다.

'그래도 혹시 모르니…….'

최천강은 단검까지 챙긴 뒤 자리에서 일어났다.

해가 진 저녁.

삼강 주막에 도착한 최천강은 안으로 들어가며 주변을 살폈다. 손님이 거의 없다.

'운이 좋네.'

보는 눈이 없다는 건 좋은 일이다.

그때 한 소녀가 뛰어나와 최천강을 반겼다.

밝은 미소가 귀여운 여자였다.

"어서 오십시오. 혼자십니까?"

"동생이 기다리고 있을 텐데. 난 최천강이라고 합니다."

"아아, 여기 안으로 드시지요."

그렇게 문을 연 최천강은 그대로 얼어붙었다.

"뭐 해? 들어와서 앉지 않고."

이서하.

이 나라의 재신이자 홍의선인인 그가 앉아 있다.

도대체 왜? 왜 저 남자가 여기 앉아 있는 것일까?

그렇게 밖으로 나가지도, 안으로 들어오지도 못하는 최천강에게 이서하는 평온하게 자리를 권했다.

"빨리 앉지. 음식 식는데."

재신의 명령을 거역할 수는 없는 법.

최천강은 작게 숨을 내쉬며 자리에 앉았다.

'눈치를 챘나?'

아니다.

어떻게 눈치를 채겠는가? 자신이 동생을 죽일 거라는 것을.

스스로 생각해도 미친 계획인데 말이다.

'난 그냥 동생이 불러서 온 것이다.'

그것뿐이다.

그렇다면 어떻게 반응해야 할까?

"전 동생을 보러 온 것인데 선인님이 계시네요?"

그냥 솔직하게 놀라면 된다.

그러자 이서하가 피식 웃으며 입을 열었다.

"동생을 보러 오는 데 그런 흉흉한 걸 들고 오나?"

"네, 그게 무슨……."

그 순간 이서하가 젓가락을 최천강의 가슴 쪽으로 던졌다.

챙! 하는 금속음과 함께 젓가락이 튕겨 나가자 이서하가 웃었다.

"거기 단검 들어 있잖아. 잘 숨겼어야지. 그렇게 얇은 옷을 입고 다니면 나 같은 사람한테는 다 보여."

최천강은 가슴을 부여잡으며 빠르게 변명을 생각했다.

"이, 이건 호신용으로 들고 다니는 것입니다. 밤길은 위험하니까요."

"그래, 그럴 수도 있지. 그런데 난 너 같은 놈을 아주 잘 알아. 목적을 위해서라면 자기 가족도 죽이는 그런 놈들 말이야."

"무슨 말씀이신지 잘……."

"아버지를 불 질러 죽였다며? 동생한테 그 죄를 뒤집어씌우고. 대단해."

"그런 적 없습니다!"

당황한 최천강은 크게 소리를 질렀다.

이미 다 알고 온 듯싶었으나 결코 인정해서는 안 된다.

무엇을 알고 있든 증거 없이는 처벌할 수 없을 테니 말이다.

'무려 10년 가까이 된 일이다.'

지금 와서 증거가 있을 리가 없다.

"아무리 선인이라도 그렇게 막말해도 되는 겁니까? 매우 불쾌합니다!"

이서하는 불같이 화를 내는 최천강을 바라보다 허탈하게

웃었다.

"내가 누구보다 오래 살면서 정말 많은 사람들을 보았거
든. 그런데 태어날 때부터 악한 놈들이 존재하더라고. 일반
인들은 상상도 못 할 정도로 뻔뻔하고 나쁜 놈들 말이야."

이서하가 한마디, 한마디 내뱉을 때마다 식은땀이 비처럼
쏟아졌다.

최천강은 어떻게든 정신을 부여잡으며 땀을 닦았다.

"죄는 미워하되 인간은 미워하지 말라. 누군가는 그렇게 이
야기하더군. 그런데 틀렸어. 그냥 존재 자체가 문제인 인간도
있더라고. 그런 인간들은 살려 두면 꼭 언젠가 문제를 일으켜."

"……그런 얘기를 왜 나한테 합니까?"

"네가 그런 인간이야. 최천강."

순간 이서하가 내뿜은 살기에 그는 포식자를 앞에 둔 동물
마냥 화들짝 놀라며 일어났다.

"나, 날 죽이면 동생이 가만히 있지……!"

그러나 최천강은 말을 끝맺지 못하고 뒤로 넘어갔다.

쿵! 하는 소리와 함께 쓰러진 그의 미간에는 젓가락 하나
가 꽂혀 있었다.

이서하는 무미건조한 얼굴로 술잔을 비우고는 외투를 정
리하며 일어났다.

"동생은 네가 바로 고향으로 내려간 줄 알 거야. 너희 어머
니는 내가 잘 보살필 거고."

이윽고 밖에서 부하들이 들어와 최천강의 시신을 수습했다.

"다음 생에는 적어도 상식적으로 살아라."

그것이 최천강에게 해 줄 수 있는 마지막 충고였다.

◆ ◇ ◆

수석 대장장이를 발표한 뒤 나는 바로 최천약에게 태양석 검의 제작을 부탁했다.

그로부터 이틀 뒤.

난 그간의 진척을 확인하기 위해 백성엽과 엘리자베스와 함께 최천약의 작업장으로 향했다.

"문제는 잘 처리했나?"

백성엽의 질문에 나는 고개를 끄덕였다.

"걱정 마세요. 후환이 없게끔 처리했습니다."

"잘했네. 우리 천재 대장장이님이 작업에만 몰두할 수 있 게끔 해 줘야지."

최천강은 죽었다.

하지만 최천약은 형이 고향으로 내려갔다고 믿고 있었다. 하지만 언젠가는 형이 고향에 없다는 걸 알게 될 터.

백성엽 또한 그것이 걱정되었는지 물었다.

"거짓말이 들통나면 어떻게 할 생각인가?"

"거짓말이라뇨. 전 최천강이 고향으로 내려갔다고 한 적이 없습니다. 무사히 떠났다고만 했지."

한마디로 형이 고향으로 내려갔다고 생각하는 건 최천약의 착각일 뿐이라는 것이다.

"만약 나중에 문제가 된다면 최천강 스스로 고향으로 내려가는 걸 거부했다고 하면 됩니다."

이번 대회로 최천강은 동료들의 신뢰를 잃었다.

아마 고향에는 그가 동생의 실력을 뒤에 업고 잘난 척이나 하는 놈으로 소문이 나 있을 것이다.

최천강의 성격상 그걸 뻔히 알면서도 고향에 내려갈 리가 없지 않은가? 게다가 나는 최천강이 숨긴 최천약의 작업 일지를 전부 챙겨 두었다.

최천약으로서는 형이 그걸 가지고 다른 도시로 갔다고 생각할 수밖에 없도록 말이다.

'나도 나쁜 놈 다 됐네.'

아니, 원래부터 나쁜 놈이었나?

적어도 남들에게 책임을 다 떠넘기며 도망쳐 다니던 때보다는 낫다고 생각하자.

이번에는 엘리자베스가 옆으로 다가오며 물었다.

"정말로 굉장한 대장장이 맞죠?"

"같이 심사하시지 않았습니까?"

"그거야 그 사람 가문의 비기일 수도 있잖아요. 젊은 대장장이가 정말로 태양석 검을 만들 수 있을지는 아직 모르는 일이고요."

나도 그걸 확인하고 싶어서 온 것이었다.

최천약이 태양석 검 제조법을 만든 것보다 몇 년은 앞서 시기.

무슨 변수가 있을지는 알 수 없다.

"어쨌든 안에서 작업 중이라고 하니 직접 한번 보죠."

모르긴 몰라도 작업하는 걸 보면 어떤 확신이라도 들지 않을까?

그렇게 대장간 문을 열자 망치의 굉음이 들려왔다.

캉! 캉!

이윽고 지옥 불과도 같은 용광로가 눈길을 사로잡았다.

용솟음치듯 사방으로 튀는 불꽃.

한서불침의 경지에 오른 나와 백성엽 대장군님조차도 인상을 쓸 정도로 강한 열기였다.

"어우. 원래 이래요, 여기?"

"글쎄요."

나도 작업 중인 대장간엔 처음 들어와 본다.

그때였다.

"원래 안 이렇습니다."

대장장이 김씨가 한숨을 내쉬며 나를 올려 보았다.

"도련님, 아니. 선인님. 저 인간 뭡니까?"

"저 인간이라뇨?"

"새로운 수석 대장장이 말입니다. 저 우라질 놈. 이틀 내내

쉬지 않고 단조 중입니다."

난 김씨 할아버지의 손가락을 따라 시선을 옮겼다.

시선이 멈춘 곳에는 정확한 자세로 단조에 열중하고 있는 최천약이 있었다.

강력한 불길을 앞에 두고도 한 치의 오차 없이 망치를 휘두르는 모습은 마치 대장장이 신이 내려온 것만 같았다.

그 모습을 함께 보던 백성엽이 팔짱을 끼며 말했다.

"자네가 왜 그토록 저자를 원했는지 알겠군."

나 또한 같은 생각이다. 대장간의 모든 양기가 최천약의 망치에 모여 검에 스며드는 것만 같았다.

덕분에 강한 확신이 들었다.

최천약이, 아니 최천약만이 태양석 검을 만들 수 있는 유일한 사람이라는 것을 말이다.

그렇게 넋을 놓고 바라보고 있자 김씨 할아버지는 못마땅하다는 듯 설명을 더했다.

"저 우라질 놈 벌써 200자루째입니다."

"200자루나?"

"정확히는 모르고 대충 그 정도 되었습니다."

엘리자베스는 진절머리가 난다는 듯 고개를 흔들었다.

"다 실패작이라고 아주 미친놈처럼 울부짖다가 또 두드리고 있습니다."

그런데도 저렇게 완벽한 단조가 가능할 수 있는가?

이윽고 최천약은 담금질을 한 뒤 다시금 단조를 시작했다.

그렇게 반복하기를 여러 번.

검을 완성시킨 그는 몇 번 휘둘러 보다가 옆으로 휙 던졌다.

"태양석 좀 더 가져다주시겠습니까? 이번에는 구리 좀 섞어 볼게요."

"태양석 다 떨어졌습니다, 수석님. 이제 그만하고 집에 좀 갑시다!"

"그러니까요. 잠 좀 자면서 해야지 안 그러면 사고 납니다."

"한 시진 자고 온 거 아니었습니까? 그 정도면 충분합니다."

최천약이 들은 척도 하지 않자 대장장이 김씨가 슬쩍 다가왔다.

"도련님이 한마디 해야 할 거 같습니다."

도대체 얼마나 굴렸으면 김씨 할아버지까지 이럴까?

무기 제작을 향한 열정도 좋지만 이렇게 쉬지 않고 작업하다가는 대업을 이루기 전에 몸이 먼저 상할 것이다.

그렇게 한마디 하려고 입을 열 때였다.

"그래, 조금은 쉬었다가……."

"선인님! 마침 아주 잘 오셨습니다!"

최천약이 던져 버린 검을 들고 나에게 달려왔다.

"방금 만든 것입니다. 실패작이긴 하지만 한번 확인해 주셨으면 합니다."

역시 실패작인가.

나는 침울하게 말하는 최천약을 위로했다.

"기운을 담을 수 있는 검을 만드는 게 쉬운 일은 아니니 너무 걱정하지 않으셔도……."

"네?"

최천약이 눈을 휘둥그레 뜨며 나를 올려 보았다.

"양기는 이미 담을 수 있습니다."

"……네?"

"뭐?"

백성엽까지 당황한 듯 최천약에게 다가왔다.

"왜 그러십니까?"

"이미 태양석 검을 만들었다는 겁니까? 그러니까 이 검이 양기를 담을 수 있다고요?"

"이론상으로는 그럴 것입니다. 한번 사용해 보시겠습니까?"

백성엽은 나를 바라보며 고개를 끄덕였다.

이건 실험해 보지 않을 수가 없다.

나는 최천약이 가져온 검을 들어 본 뒤 바로 극양신공을 사용했다. 양기 폭주와 함께 난 사정 봐주지 않고 양기를 검에 흘려보냈다.

이윽고 양기를 머금은 검이 황금빛으로 빛나며 불타기 시작했다.

그 화려함에 모두가 넋을 놓고 보기를 한참.

나는 검을 흔들어 기운을 흩뿌린 뒤 백성엽과 엘리자베스를 돌아보았다.

"……진짜 만들었네요?"

진짜 이틀 만에 만들었다.

뭐야? 저 인간?

저런 걸 보고 하늘이 내린 재능이라고 부르는 것일까?

"잠깐, 그럼 왜 실패작이라고……."

"증폭이 안 됩니다."

최천약은 한숨을 내쉬었다.

"분명 선인님께선 잘 만든 태양석 검은 양기를 증폭시킨다고 말씀하셨지 않습니까? 그러려면 다른 무언가를 섞어야 하는데, 그것이 무엇인지를 여전히 감을 못 잡겠어서 말입니다."

"……그건 전설 속의 대장장이들이 아닌 이상 불가능한 일이라고 말하지 않았습니까?"

"하지만 가능한 일이지 않습니까."

최천약은 내가 차고 있는 천광을 슬쩍 보며 말했다.

"눈앞에 결과물이 있고 불가능한 일이 아니라면 해내야죠. 헤헤."

멍청하게 웃는 저 얼굴이 새삼 무섭게 느껴졌다.

"미쳤네."

재능충들은 다 죽었으면 좋겠다.

그렇게 생각할 때 엘리자베스가 내 옆으로 오더니 말했다.

"어머머, 제작 방법이 벌써 나왔네? 바로 넘겨주시겠죠? 이서하 대방님."

"걱정하지 마세요. 제가 설마 그런 걸로 장난치겠습니까?"

"그럼 바로 물어봐 주세요. 바로, 바로."

돈 냄새를 맡고 흥분한 엘리자베스였다.

나는 그녀의 바람대로 바로 최천약에게 물었다.

"제조법을 정확하게 적어 줄 수 있겠습니까? 다른 대장장이도 만들 수 있도록."

"그건 문제없습니다만, 아직 완성품이라고 하기는 좀 그렇습니다. 강도가 약해 전투용으로 쓰기는 조금 모자라거든요. 그래도 이를 해결할 방법으로 몇 가지 생각해 뒀습니다. 잠시만요."

최천약이 민망하게 웃으며 죽간 하나를 나에게 건넸다.

"여기 적힌 것들을 좀 구해다 주실 수 있겠습니까?"

희귀한 광물들부터 마수들의 사체까지.

하나같이 구하기 힘든 것들뿐이었다.

하지만 내가 누군가?

이 나라의 재신이자 은악상단의 대방이다.

"바로 구해다 드리겠습니다."

"감사합니다."

최천약은 신이 나서 다시 대장간으로 향했고 난 오매불망 기다리는 엘리자베스에게로 시선을 돌렸다.

"들으셨죠? 완벽해지면 그때 보내 주겠습니다."

"아뇨, 일단 현재 제련법이라도 가져가야겠어요."

엘리자베스는 손가락을 두 개 펴 보이며 말했다.

"두 번 팔 수 있을 테니까요. 일반판. 개정판으로 해서."

……이 아가씨 악덕 상인이 다 됐네.

그때 백성엽이 의미심장하게 다가왔다.

"호위는 최정예로 10명 붙이겠네. 또한 은악 주변에도 500의 정찰병을 파견해 두도록 하지. 나찰이 절대 최천약을 노릴 수 없게 해야 하네."

"안 그래도 부탁드리고 싶었습니다."

좋은 생각이다.

지금으로선 제련법이 정립되더라도 실현할 수 있는 대장장이가 최천약밖에 없다.

한동안은 그가 모두를 훈련시켜야겠지.

적어도 그때까지는 무슨 수를 써서라도 최천약을 보호해야 한다.

"자, 그럼 앞으로 우리가 해야 할 일은 또 무엇인가? 괜찮은 미래를 예언해 줬으면 좋겠는데. 이서하 찬성사."

이제 나를 아예 점쟁이 취급하는 백성엽 대장군이었다.

"글쎄요……."

은월단의 움직임이 완전히 달라진 지금 정확한 예측은 불가능하다.

하지만 해야 할 일은 명확하다.

바로 전쟁을 준비하는 것.

그리고 난 전쟁에 필요한 세 가지 중 두 가지를 이미 갖추었다.

바로 병력과 보급이다.

병력이야 신유민 전하와 백성엽 대장군이 열심히 양성 중이었고 보급은 이정문이 군량을, 최천약이 병기를 책임질 것이다.

그렇다면 남은 것은 하나.

전장의 꽃.

"진짜 선인(仙人)들을 모아 보죠."

명장(名將)들을 찾아 나설 때가 되었다.

◆ ◈ ◆

북대우림 안쪽의 작은 호수.

그곳에 지어진 정자에서 이주원은 장발을 휘날리며 선생을 기다렸다.

이윽고 한 남자가 이주원의 앞으로 다가와 미소 지었다.

"오랜만입니다. 방주님."

"이야, 신수가 훤하네. 요즘 잘 먹고 잘 자나 봐?"

"일이 많아서 그럴 수도 없습니다."

선생은 의자에 앉은 뒤 낚시 도구들을 꺼내기 시작했다.

그 모습을 본 이주원은 어이가 없다는 듯 웃었다.

"선생. 난 당신 믿거든? 근데 말이야, 다들 나처럼 맹목적으로 당신을 믿지는 않아. 람다랑 허남재가 지금 답답하다고 아주 노래를 불러요. 노래를. 허남재야 무시하더라도 람다한테는 뭐라도 답을 줘야 하지 않겠어? 응? 부탁할게. 조금만 알려 줘라."

이주원의 부탁에도 선생은 미소를 지어 보일 뿐이었다.

"쯧쯧, 이래도 안 말해 주네."

"죄송합니다. 보안이 생명이라서 말이죠."

선생은 낚싯대를 던진 뒤 작게 한숨을 내쉬었다.

"이서하가 나찰과의 전쟁을 준비하고 있습니다. 신기하죠? 나찰이 신태민을 도운 것은 맞지만 그래 봤자 백야차였을 뿐이고. 소수의 나찰이 권력가한테 붙어 자신의 안위를 챙기는 게 그리 이상한 일도 아닌데 말입니다."

이주원은 어깨를 으쓱했다.

"예전에 선생이 했던 말대로 진짜 미래라도 보나 보지."

"그러면 차라리 괜찮죠."

선생은 피식 웃었다.

"이서하가 미래를 본다고 치고 두 가지 경우를 전제로 한번 이야기해 봅시다. 첫째, 실시간으로 미래를 본다. 그러면 답이 없죠. 정말 그런 초능력이 있다면 이서하를 상대하는 건 쉽지 않을 겁니다. 죽이기도 힘들 테고. 우리가 지겠죠."

모든 수를 읽을 수 있는 적을 상대로 이길 방법은 없다.

"첫 번째 전제가 아니라면 미래를 보고 온 것일 겁니다. 그럼 오히려 좋습니다. 내 계획을 다 바꾸면 미래를 예측할 수 없을 테니까요. 그래서 그렇게 진행하는 중입니다. 하지만 또 다른 경우의 수도 계산해야죠."

"뭘 계산한다는 거지?"

"우리 중 배신자가 있을 수도 있지 않습니까?"

선생이 돌아보자 이주원은 고개를 흔들었다.

"그럴 리가 있나. 모두 10년은 넘게 준비한 계획인데."

"그렇죠? 그래도 조심해야죠."

"난 절대 아니다. 알고 있지?"

"그럼요. 만약 방주님이 배신자였다면 전 이미 잡히지 않았겠습니까? 이 자리에서 죽었을 수도 있죠."

"그럼 딱 한 가지만 말해 봐. 지금 뭘 하고 있는 거야?"

선생은 작게 숨을 들이마셨다.

그리고는 의미심장하게 말했다.

"곧 제국이 무너질 겁니다."

"……어떻게?"

선생은 아무 말 없이 낚싯대를 바라볼 뿐이었다.

이주원은 침을 삼키며 턱을 쓰다듬었다.

"제국은 그 크기만 하더라도 왕국의 15배는 넘는 걸로 아는데."

그런 제국이 과연 그렇게 쉽게 무너질까?

역시나 선생에게서 대답은 없었고 이주원은 계속해서 질문을 던졌다.

"제국을 무너트릴 수 있으면 왕국도 무너트릴 수 있는 거 아닌가?"

계속해서 집요하게 물어보자 마침내 선생이 입을 열었다.

"본디 천하의 대세는 나누어진 지 오래면 반드시 합쳐지고, 합쳐진 지 오래면 반드시 나누어진다는 말이 있습니다."

던져 놓은 찌가 흔들렸으나 선생은 신경 쓰지 않고 이주원을 돌아봤다.

"제국은 충분히 오랫동안 합쳐져 있었습니다."

이제는 나누어질 때가 되었다.

은악에서의 모든 일정이 끝나고 엘리자베스가 고국으로 돌아갈 때가 다가왔다.

"제련법 바로 보내야 합니다. 이거 배 타고 오는 데만 엄청 걸리는 거 아시죠?"

"최대한 빨리 보내겠습니다."

"내년까지 안 오면 직접 받으러 올 겁니다. 보니까 금방 만들 거 같은데."

"알겠으니까 배나 타세요."

엘리자베스는 타고 온 배 한가득 진귀한 물건을 쌓아 가면서도 제련법만을 강조했다.

"그거 꼭 보내세요오오오오오!"

그렇게 손을 흔들며 멀어지는 엘리자베스.

'갈리아 제국은 걱정 없겠네.'

저렇게 훌륭한 악덕 상인이 되었다면 순진하게 당하거나 하지는 않을 것이다.

엘리자베스를 배웅한 나는 수도로 돌아왔다.

오랜만에 찾은 수도는 과거의 모습을 되찾은 지 오래였다.

고작 몇 달 만에 파괴된 가옥들이 전부 복원되었고 거리는 예전처럼 활기찼다.

아니, 슬픔을 숨기기 위해 더 활기차게 생활하는 건지도 모르겠다.

그러나 그런 거리와 달리 광명대 막사 안에서는 저주라도 받은 듯 어두운 기운만이 뿜어져 나오고 있었다.

"도대체 어디서 뭘 하다 이제 오는 겁니까?"

피곤함에 절은 이정문이 시체처럼 걸어 나왔다.

산다가 습격이라도 해 온 줄 알았네.

"오랜만입니다, 이정문 씨. 일은 잘 처리하셨습니까?"

"무슨 일을 말씀하시는 거죠? 다 타 버린 군량미를 다시 채워 넣는 거? 그게 아니면 왕국 전역에 퍼져 있는 모든 원정대를 각각의 위치로 이동시키는 거?"

"광명대 모집 말입니다."

"아, 그것도 있네요. 따라오세요."

이정문의 사무실로 들어가자 엄청난 양의 서류 더미와 죽간이 나를 반겼다.

그녀는 그 정신없는 방에서 보물을 발굴하듯 한 서류 더미를 꺼내 나에게 건넸다.

"추리고 추린 명단입니다. 지원자는 약 5,000여 명 정도. 대부분 상급 무사 이상급으로 선인들도 꽤 됩니다."

"선인들까지요?"

난 이정문에게 수준 높은 서류 심사를 부탁했다.

하급 무사는 말할 것도 없고 중급 무사들 또한 웬만한 이력을 가지고는 통과할 수 없도록 말이다.

그렇기에 상급 무사들이 대다수를 이룰 것이라는 것쯤은 충분히 예상한 바였다.

그런데 선인들까지 다수 지원할 줄이야.

최소한 자기 소대를 가지고 지휘하던 사람들이 아니던가.

다시 누군가의 밑에서 시작하기 쉽지 않을 텐데 말이다.

'나야 좋지.'

부대에 실력자가 많을수록 좋으니 마다할 이유는 없다.

"생각보다 많이 모였네요."

"그럴 수밖에요. 이번 광명대 모집에는 백성엽 장군님뿐만 아니라 신유민 전하께서도 힘을 보태셨습니다. 광명대는 이 나라를 대표하는 최정예 부대가 될 것이라면서 말이죠."

"출세의 지름길이란 말이네요."

"그렇습니다. 어쨌든 그렇게 되었고. 면접은 일주일 뒤입니다."

일주일?

난 이제 막 수도에 돌아왔는데?

"그렇게나 빨리요?"

"은악에 이렇게나 오래 계실 줄 몰랐으니까요."

"좀 촉박한 거 아닌가요? 면접 준비도 해야 하는데."

"그건 제가 알 바가 아니고요. 그 많은 사람한테 새로운 일정을 전달할 수는 없어요. 여행 경비까지 다 우리가 대 주는거라 하루만 연기돼도 숙박비가 어마어마하니까요."

이정문은 내 어깨를 토닥이며 미소 지었다.

"그럼 수고하시고. 저는 이만 퇴근합니다."

난 그렇게 놀리듯 사무실을 떠나는 이정문을 불러 세웠다.

"퇴근 못 하십니다."

"네?"

어딜 도망가려고. 아직 할 일이 많은데 말이다.

"은악의 수석 대장장이가 요청한 물건을 다 구해야 하거든요. 근데 이게 양이 많아서 계산이 좀 약한 우리 변승원 도방한테는 맡길 수가 없습니다. 그러니 바로 은악으로 출발하시죠."

"……진심이에요?"

굳이 대답하지 않아도 이정문은 답을 알고 있을 것이다.

내 얼굴을 본 그녀는 마른세수를 하다 억울하다는 듯 하소

연하기 시작했다.

"제가 선인님 죽일 뻔한 건 맞거든요. 그런데 그건 충분히 용서를 빌었다고 생각해요. 인정하시죠?"

"네, 인정합니다."

"그런데 왜 저한테 이러세요? 저 이러다 과로로 죽으면 어떡합니까?"

"사람은 그렇게 쉽게 안 죽습니다. 제가 의술을 좀 아는데 이정문 씨 아직 상태 괜찮습니다."

"괜찮다고요? 저 지금 정확히 16시진째 깨어 있거든요? 그러니까 하루 쉬고 그리고 출발할게요. 매우 상식적인 요구라고 생각하는데."

"하하하. 마차 좋은 걸로 준비하겠습니다. 흔들림 없는 편안함으로 모실 수 있게. 잠은 가면서 주무시죠."

"……진심으로 말하는 겁니까?"

"네, 진심입니다."

"이런 개……."

이정문은 작게 한숨을 내쉬더니 고개를 끄덕였다.

그녀도 알고 있을 거다.

내가 마음을 바꿀 일은 없다는 걸.

"……대신 영약 좀 하나 먹고 가겠습니다. 백년삼 먹을 겁니다. 그것도 아주 비싼 걸로."

"두 개 드셔도 됩니다."

77

"쯧, 말이나 못 하면……."

이정문은 고개를 절레절레 흔들며 밖으로 나갔다.

"미친 새끼한테 걸렸어."

문밖에서 혼잣말로 중얼거린 것이지만 다 들린다.

하지만 일만 잘하면 저런 귀여운 저주쯤은 계속 들어 줄 수 있다.

'그래도 시킨 일은 다 한다니까.'

그러니 공주님도 부러워할 만한 고급 마차를 준비해 주도록 하자.

크으, 이 직원 복지까지 생각하는 넓은 마음.

역시 난 좋은 상사다.

"그럼 슬슬 광명대를 완성해 볼까?"

그러려면 일단 면접 방식부터 생각해야만 한다.

그리고 나의 광명대에는 이런 쪽으로는 비상한 머리를 가진 대원이 존재했다.

"면접 일정을 제가 짜도 되는 겁니까?"

바로 정이준이다.

회의실에 온 이준이는 신이 나서 말을 더했다.

"진짜로 막 굴려도 되는 거죠?"

"그래, 다 막 굴려도 된다. 하지만 새로운 대원을 뽑는 면접이라는 건 머리에 넣고 짜라."

"물론이죠. 통과율은 어느 정도면 됩니까?"

"난 딱 500명만 뽑을 생각이야."

고민에 고민을 거듭한 끝에 딱 500명만 차출하기로 마음먹었다.

그러자 상혁이가 의아하다는 듯 물어 왔다.

"너무 적은 숫자 아니야?"

"적긴 하지."

장군들은 적게는 천 단위, 많게는 만 단위의 병력을 운용한다.

그러나 나찰과의 전쟁에서 숫자는 큰 의미가 없다.

"어차피 마수들은 다른 부대에게 맡길 생각이야."

마수들은 평범한 무사들도 상대할 수 있다.

그렇다면 광명대는 무엇을 하는가?

나를, 아린이를, 그리고 상혁이를 나찰의 바로 앞까지 옮겨 줄 수 있어야만 한다.

"우리 광명대는 나찰의 심장을 관통하는 최강의 화살이 되어야 해."

그러려면 양보다는 질이 중요하다.

"최정예만 남기라는 것이군요!"

"맞아. 잘 이해했네. 그럼 3일 안에 최대한 많은 방법을 생각해서 와."

"넵! 그럼 지금 바로 착수하겠습니다!"

그렇게 이준이가 뛰어나가고 걱정이 된 상혁이가 입을 열었다.

"저거 이준이한테만 맡겨도 되는 거냐?"

"내가 확인할 거니까 걱정하지 않아도 돼."

"아니, 너나 쟤나 좀 맛이 간 친구들이라 물어보는 거야."

"바로 그게 핵심이지."

솔직히 좋은 의미로 정신 나간 사람만 들어왔으면 좋겠다.

"미친 부대에는 미친 사람들이 어울리는 법이지."

그럼 어떤 미친 자들이 들어올지 기대해 보자.

◆ ◈ ◆

광명대 면접 날.

수도는 지방에서 올라온 무사들로 북적거렸다.

전부 각자의 지역에서는 유망주, 혹은 실력 있는 무사로 평가받던 만큼 서로를 경계하는 모습이었다.

그러나 그중에서도 시선을 한 몸에 모으는 존재가 있었다.

하나로 질끈 묶은 머리에 무릎까지 둘둘 두른 붕대.

굵은 허벅지가 드러난 짧은 반바지를 입은 여자는 홍의를 펄럭이며 광명대 병영으로 걸어가고 있었다.

"저거 육도각 아니야?"

육도각 김채아.

그녀가 광명대에 지원한 것이었다.

"육도가 지원을 한다고? 지휘관이 아니라 일개 병졸로?"

육도(六徒).

한 시대를 빛낼 6인의 선인이라고 불렸던 자들이었다.

그러나 지금은 절반이 몰락하고 남은 3명만으로 명맥을 잇는 상황이었다.

게다가 수장이라고 할 수 있는 육도검(六徒劍) 이재민은 사실상 이서하의 밑으로 들어간 상태.

그런 와중에 오랫동안 원정에 나가 있던 육도각이 광명대에 지원한 사실은 무사들에게도 충격이었다.

"육도각까지 광명대에 들어가는 거야?"

"에이, 설마."

무사들의 의심이 확신으로 바뀌는 데는 얼마 걸리지 않았다.

김채아가 접수대에 가서 번호표를 받았기 때문이다.

"진짜로?"

"육도각이? 우와. 광명대 엄청나네."

그렇게 다른 무사들의 감탄을 듣던 육도각이 신경질적으로 외쳤다.

"구경거리 났어! 눈 안 깔아!"

홍의선인의 외침에 모든 무사들이 시선을 피했다.

그런 그녀를 향해 한 남자가 다가왔다.

"우리 김채아 성격 그대로네. 그렇게 신경질 부릴 일은 아니잖아?"

"내 부대에서 나를 보고 저렇게 떠들어 댔으면 바로 모가지 날아갔어."

"그 부대엔 절대 들어가고 싶지 않네."

"받아 주지도 않을 거니까 걱정하지 마쇼."

남자는 단궁으로 무장하고 있었으며 거기에 단안경을 목에 걸고 있었다.

남자의 이름은 성지한.

육도궁(六徒弓)이었다.

"너도 이재민 그놈이 꼬셔서 왔냐?"

"속는 셈치고 한번 들어가 보라고 하더라고."

육도각(六徒脚) 김채아는 신경질적으로 병영을 둘러보고는 말을 이었다.

"병영 크네. 고작 약관을 겨우 넘긴 애송이가 이런 병영도 받고. 역시 사람은 줄을 잘 타야 하나 봐."

"재민이 말로는 왕국 최강의 무사라고 하던데?"

"퍽이나."

"왜? 진명을 이겼다잖아. 그럼 최강 맞지."

진명.

신태민의 호위 무사로 이강진 이후 왕국 최강의 무사라고 불리던 남자였다.

그리고 김채아는 그 진명이 싸우는 걸 직접 본 적이 있었다.

마치 스스로 목숨을 끊으려는 사람처럼 몸을 사리지 않는 모습.

김채아는 그런 진명을 내심 무사로서 존경하고 있었다.

"하, 넌 그걸 믿냐?"

김채아는 고개를 절레절레 흔들었다.

"아무리 천재라도 고작 약관의 나이로 진명을 이긴다고? 네가 진명 그 사람이 싸우는 걸 못 봐서 그래."

"만약 기연이란 기연은 다 만난다면 가능할 수도 있지 않을까?"

"좀 현실적인 이야기를 해 주지 않을래?"

김채아는 입술을 삐죽 내밀며 고개를 돌렸다.

"전형적인 영웅 만들기야. 신유민 전하 측을 대표하는 무사니까 10명이 달려들어 진명을 죽였든, 100명이 달려들어 죽였든 이서하가 죽였다고 해야겠지."

"호오, 그래서 이서하 실력을 확인해 보러 오셨다?"

"확인해 봐야지."

김채아는 정색하며 말을 이었다.

"그리고 만약 소문이 과장된 거라면 내가 밟아 버릴 거야."

"아이고, 우리 채아 여전히 무섭네."

성지한이 비꼬자 김채아가 그를 노려보았다.

"그러는 너는 왜 왔어?"

"우리 동기들이 신세를 진 게 있잖아. 어떤 사람이 철룡이를 왕국 구석으로 보내 버렸나 궁금해서."

성지한은 육도 중 세 사람이 이서하에 의해 추방당했다는 걸 알고 있었다.

"철룡이 그놈이 나빠도 머리는 돌아가던 놈이잖아."

"아, 그 떨거지들."

김채아는 고개를 절레절레 흔들었다.

"말이 육도지 걔들 무과 통과하고 제자리걸음이었잖아. 그런 놈들이랑 같은 육도로 묶이는 것도 짜증이 났었는데. 그건 좀 고맙네."

그렇게 수다를 떨 때였다.

종소리와 함께 병영 연무장 단상 위로 한 남자가 올라왔다.

"잘 들리십니까!"

우렁찬 목소리.

제각각 몸을 풀고 있던 무사들의 시선이 남자에게로 쏠렸다.

"저는 광명대의 막내이자 중급 무사 정이준이라고 합니다!"

중급 무사?

김채아와 성지한은 서로를 바라보고는 인상 썼다.

상급 그리고 선인들까지 모아 놓은 자리에 중급 무사를 면접관으로 내보내는 건 좀 아니지 않은가?

김채아와 성지한은 물론 다른 무사들의 표정까지 굳어졌으나 정이준은 당당하게 말을 이어 갔다.

"그럼 첫 번째 면접을 시작하겠습니다. 면접은 간단합니다. 현 광명대원들의 훈련을 하루 동안 낙오하지 않고 받는 것입니다. 저 같은 중급 무사도 할 수 있는 훈련이니 한 명도 탈락하지 않을 거라 믿습니다. 그럼 총 5개의 조로 나누어 출발하도록 하겠습니다. 1번부터 1,000번까지는 우리의 자랑스러운 이서하 대장님께서 직접 훈련을 시켜 주실 겁니다. 그럼 제 앞으로 나와 주시길 바랍니다."

김채아는 피식 웃었다.

"참 나."

고작 평소에 하는 훈련이 면접이라니.

그것도 중급 무사도 할 수 있는 훈련이라면 면접이라고 할 수도 없었다.

"어이가 없네."

그리고는 자신의 번호표를 살폈다.

999번.

광명대장 이서하의 조였다.

"넌 몇 번이냐? 성지한."

"딱 1,000번이네."

"호오, 우리 잘나신 대장님을 볼 수 있겠네. 가 보자고."

그렇게 김채아는 여유롭게 정이준의 앞으로 나아갔다.

그때까지만 해도 그녀는 알 수 없었다.

자신에게 어떤 지옥이 펼쳐질지를.

◆ ◈ ◆

김채아는 단상 위로 올라오는 한 사내를 바라봤다.

광명대장 이서하.

소문으로만 듣던 젊은 선인은 홍의를 펄럭이며 올라와 입을 열었다.

"첫 번째 훈련은 간단한 구보다. 모두 준비되었다면 출발한다."

그 누구도 대답하지 않았으나 이서하는 단상에서 내려온 뒤 맨 앞에서 달리기 시작했다.

김채아는 그런 이서하를 바라보며 인상 썼다.

"얼마나 대단한 훈련을 하나 했더니 구보가 뭐야? 구보가."

하급 무사들이나 받는 훈련이 아니던가.

옆에 있던 성지한 또한 허탈한 듯 웃으며 대답했다.

"그래도 가장 중요한 훈련이긴 하잖아. 부대의 속도는 가장 느린 무사를 기준으로 하니까."

아무리 강한 부대라도 기동성이 떨어진다면 그 활용 가치가 매우 한정적일 수밖에 없다.

그러나 아무리 구보가 중요하다 하더라도 여기에 모인 자들은 전부 각자의 부대에서 실력을 증명한 이들이 아니던가?

"시간 낭비야. 상급 무사들 모아 놓고 뭐 하는 짓이야?"

그렇게 김채아가 확신을 담아 이야기할 때였다.

"에이, 그렇게 우습게 볼 수만은 없을 겁니다."

정이준.

면접 과제를 발표했던 바로 그 중급 무사였다.

김채아는 어이가 없다는 듯 새파랗게 어린 무사를 내려다보았다.

중급 무사 따위가 홍의선인에게 허락도 없이 말을 걸어오다니.

말도 안 되는 일이었다.

"지금 설마 나한테 말한 거냐?"

"여기 그쪽밖에 없는데요?"

"그쪽? 너 지금 내가 입고 있는 거 안 보여?"

김채아는 홍의를 슬쩍 들어 보여 줬다.

하나 정이준은 어쩌라는 듯 바라보며 고개를 끄덕일 뿐이었다.

"잘 보입니다. 그거 더울 거 같은데, 지금이라도 벗고 가시죠."

"뭐? 이 새끼가 개념을 밥 말아 먹었나……."

"앞이나 보세요. 이렇게 여유 부릴 시간 있습니까?"

정이준은 히죽 웃으며 앞을 가리켰다.

"너무 멀어지면 탈락입니다."

"하아, 내가 진짜."

김채아가 고개를 돌렸을 때는 이미 꽤 거리가 벌어진 상황이었다.

친구 성지한까지 말없이 떠난 것을 본 그녀는 이를 악물며 중얼거렸다.

"너나 잘 따라와라."

이 정도 거리를 좁히는 건 일도 아니다.

김채아는 경공을 사용해 순식간에 거리를 좁힌 뒤 성지한을 쏘아붙였다.

"야, 말도 안 하고 가냐?"

"바보처럼 멍 때리고 있던 네 잘못이지."

"하아, 진짜 의리 없기는. 괜히 저 버릇없는 중급 무사 때문에 처음부터 달렸네. 쯧."

그렇게 말할 때였다.

"에이, 앞을 안 본 선인님 잘못이죠."

"……!"

또다시 들려오는 깐족거리는 목소리.

김채아는 화들짝 놀라 뒤를 돌아봤다.

바로 그 중급 무사였다.

'어떻게 따라온 거야?'

꽤 거리가 벌어진 데다가 기본적인 구보 속도도 빠른 편이었다.

고작 중급 무사 따위가 쉽게 따라잡을 수 있는 상황은 결코 아니었다.

당황한 김채아가 빤히 바라보자 정이준이 얼굴을 어루만지며 말했다.

"왜요? 제가 너무 잘생겼습니까?"

"……하아."

김채아는 고개를 절레절레 흔들었다.

그냥 무시하자.

김채아는 그런 생각을 하며 묵묵히 이서하의 뒤를 따랐다.

◆ ◈ ◆

그렇게 구보가 시작된 지 반 시진 후.

남악에 들어선 이서하는 더욱 속도를 올렸다.

"후우, 후우."

홍의를 벗어 허리에 묶은 김채아는 거친 숨을 내쉬며 이서하의 뒤를 따르고 있었다.

그리고 정이준은 여전히 깐족거리는 중이었다.

"그러게 벗고 가시라니까. 제 말 들었으면 얼마나 편합니까."

"너 왜 내 뒤만 따라오냐?"

"여기가 최후방이잖아요."

"하아."

어쩌다가 맨 뒤에 서서.

한번 정해진 오와 열을 떠날 수 없다는 게 야속할 뿐이었다.

"그러게 빨리빨리 움직이지 그러셨습니까?"

"닥쳐라. 죽여 버리기 전에."

"에이, 왜 그렇게 까칠하세요. 설마 힘드신 거 아니죠?"

"힘들다고? 내가? 헛소리하고 있네."

"그럼 홍의는 왜 벗으셨대?"

"입 좀 다물어라. 제발."

김채아는 끓어오르는 살인 충동을 억제하며 계속해서 경공을 펼쳤다.

그렇게 정이준과 한참 입씨름한 그녀는 앞을 돌아보며 생각했다.

'이 미친놈들. 단순한 구보라며?'

구보(驅步).

보통 행군에 사용하는 구보는 내공을 전혀 사용하지 않는 선에서 달리기 마련이다.

그러나 지금 이서하는 경공술(輕功術)을 펼치며 달려가고 있었다.

그것도 말도 안 되는 속도로 말이다.

백의선인들조차 이를 악물고 달려야 할 정도이니 상급 무사들은 오죽하겠는가?

아니나 다를까 또다시 낙오자가 나타났다.

한 남자가 대열에서 이탈해 뒤로 밀려나자 정이준이 그의 등을 밀며 외쳤다.

"계속 달리십시오! 계속!"

정이준은 계속해서 고함치며 상급 무사를 격려했다.

"할 수 있습니다! 아직 힘이 남아 있는데 왜 그러십니까?

이 악물고 달리세요. 밀어 드리겠습니다."

"아니, 아니. 안 되겠습니다. 더는……."

"쩝."

한숨을 내쉰 정이준은 주머니에서 붉은 종이를 꺼내 탈락자의 어깨에 붙였다.

"그럼 수고하셨습니다. 앉아 계시면 다른 부대가 와서 데려가 줄 겁니다."

"하아, 하아, 하아."

맨 뒤에 있기에 모든 탈락자를 확인할 수 있었다.

그렇게 또 다른 상급 무사의 탈락을 지켜보던 김채아에게 한 상급 무사가 다가왔다.

"선인님. 잠시 실례해도 되겠습니까?"

"그래, 말해 봐라."

김채아가 고개를 끄덕이자 상급 무사는 울상을 지었다.

"아무리 생각해도 이건 아닌 거 같습니다. 행군을 이런 식으로 하다뇨? 아무리 우리가 부대에 들어가고 싶어서 지원했다고는 하지만……."

김채아는 상급 무사의 뜻을 알아듣고는 고개를 끄덕였다.

행군은 어디까지나 전투를 위한 것이었다.

빠르게 전장에 도착한다고 한들 정작 무사들이 지쳐 움직이지 못한다면 아무런 의미가 없지 않겠는가?

그런 의미에서 이런 행군은 신입 대원을 괴롭히기 위함이라고밖에는 볼 수 없었다.

"선인님께서 한마디 해 주시지 않겠습니까? 그래도 고명하신 육도각님의 말이라면 들어주지 않겠습니까?"

김채아는 잠시 생각에 잠겼다.

안 그래도 이런 무식한 면접 방식이 마음에 들지 않았던 그녀다.

"모두가 원한다면 내가 말해 줄 수 있지."

지원자들 모두가 뒤에 서 준다면 앞에 나서지 못할 것도 없다.

"감사합니다. 선인님."

그렇게 상급 무사가 다시 멀어지고 옆에서 대화를 듣고 있던 성지한이 다가왔다.

"괜찮겠어? 면접 방식은 광명대장의 권한인데."

"우리가 다 나가겠다고 하면 지가 어쩔 거야? 어쨌든 신입 대원은 필요할 텐데. 넌 지켜나 봐."

김채아는 자신만만하게 앞서 나가는 이서하의 등을 노려보았다.

"저 녀석의 그릇 좀 확인해 봐야겠어."

기회가 생각보다 빠르게 왔다.

◆ ◈ ◆

남악의 중턱.

14

그곳에는 지옥 훈련을 위한 온갖 기구가 갖춰져 있었다.

나를 포함한 광명대원들의 피와 땀이 스며든 장소.

이곳이 바로 두 번째 면접을 치를 곳이었다.

"구보는 여기까지다."

그와 동시에 상급 무사들이 모두 주저앉으며 앓는 소리를 냈다.

나약한 것들.

이거 아무래도 이정문이 잘못 뽑은 것만 같다.

나름 원정대에서 실력을 인정받은 강자들만 뽑았다고 하더니 고작 이 정도 구보에 반 이상이 탈락한 것만 같았다.

"정확히 몇 명 남았냐?"

"7할이 탈락해서 약 300명 정도 남았습니다."

어쩌면 다음 근력 훈련에서 다 떨어질지도 모르겠다.

'그래도 할 건 해야지.'

아쉬움에 어중이떠중이를 받아들이는 것보단 나을 것이니 말이다.

나는 꿀 같은 휴식을 만끽하는 무사들에게 다가가 말했다.

"자, 그럼 지금부터 근력 훈련을 시작하겠다."

무사들은 얼굴이 하얗게 질린 채 나를 바라봤다.

그 마음 안다.

나도 할아버지랑 처음 수련했을 때는 저런 반응이었으니 말이다.

"훈련이 더 있습니까?"

한 상급 무사가 용기를 내어 묻자 정이준이 기다렸다는 듯 소리쳤다.

"이제 시작인데 뭔 소리입니까?"

이 자식.

지금 이 상황을 즐기고 있다.

"이 맛이었군요. 대장님. 크크크."

광명대의 막내로 들어온 정이준은 지금까지 훈련 때마다 일방적인 갈굼을 받아 왔다.

저 이제 시작이라는 대사도 상혁이가 언제 끝나냐고 울부짖는 이준이에게 해 주던 대사였다.

"그럼 일단 시범을……."

먼저 숙련된 노예, 아니 조교의 시험을 보여 주려고 할 때였다.

"잠시만요."

한 여자가 앞으로 걸어 나오며 내 말을 가로막았다.

"저는 김채아라고 합니다."

허리에 꽉 묶은 홍의.

짧은 바지 밑으로 떨어지는 다리에 붕대가 감겨 있었다.

그 특이한 모습만으로도 난 그녀가 누군지 알 수 있었다.

육도각(六徒脚).

회귀 전 금수란의 암살에서 살아남았던 유일한 육도.

'뭐야? 육도각도 지원한 거야?'

멀리서나마 홍의를 입은 건 보았었으나 그게 육도각이었을 줄이야.

육도 중에서도 무공 실력만큼은 가장 높다고 알려진 그녀다.

'탐나네.'

기대치도 않은 대어가 굴러 들어왔지만 광명대의 대장으로서 흥분할 수는 없는 일.

나는 최대한 평온하게 말했다.

"네, 무슨 일이십니까? 육도각님."

"나를 아십니까?"

"물론이죠. 그 유명한 육도의 일원인데 모를 리 없죠."

"영광이네요. 왕국 제일검이 나를 알아봐 주고."

비아냥거리는 말투.

뭔가 내가 마음에 안 드는 것만 같다.

그녀는 내 예상이 맞다는 듯 공격적인 말투로 말을 이어 갔다.

"그런데 아무리 우리가 광명대에 들어가고 싶어서 왔다지만 이건 너무한 거 아닙니까?"

"무슨 말인지 잘 이해가 되지 않습니다만."

"우리는 지금 한 시진 동안 전력 질주를 했습니다. 보통 전장에서 이런 식으로 움직였다가는 무사들이 모두 지쳐 싸우지도 못하겠죠. 안 그렇습니까?"

이해가 가는 지적이다.

그러나 김채아가 한 가지 오해하고 있는 것이 있다.

"네, 그렇겠죠. 하지만 고작 이 정도 행군에 지치는 대원은 광명대에 필요 없습니다."

"뭐?"

"말 그대로입니다."

아무래도 김채아에게는 앞으로 광명대가 할 일을 정확하게 설명해 줘야 할 것만 같다.

"광명대는 특공대가 될 것입니다. 적의 가장 깊숙한 곳까지 돌파해 적장의 목을 베는 그런 특공대가요. 그러니 경공술도, 전투력도, 체력도 모두 최고 수준이 아니라면 곤란합니다."

"하."

김채아는 어이가 없다는 듯이 웃었다.

"말은 그럴듯해도 내 눈에는 그저 신입 대원 괴롭히기밖에 안 보이는데요."

"괴롭히기라뇨?"

"막말로 이 훈련을 따라갈 수 있는 일반 무사가 어디 있습니까?"

누군가는 이런 말을 해 올 줄 알았다.

나는 답을 해 주는 대신 정이준에게로 시선을 돌렸다.

"우오오오!"

어느새 통나무를 어깨에 짊어진 정이준은 무릎을 굽혔다 펴기를 반복했다.

"하나! 둘! 셋!"

역시 눈치 빠른 놈이랑 일하면 편하다.

나랑 손발이 척척 맞아.

그렇게 다 들으라는 듯 크게 외치며 15회를 수행한 이준이는 통나무를 던져 버리고는 김채아에게 말했다.

"아우, 시원하다. 그런데 선인님 뭐라고 하셨습니까? 일반 무사가 뭐요?"

"……"

김채아는 귀신이라도 본 것처럼 정이준을 멍하니 쳐다볼 뿐이었다.

할 말이 없겠지.

왕자의 난 이후 정이준은 수청비고에서 가지고 나왔던 영약까지 외상으로 먹어 가며 수련에 임했고 지금은 그 어떤 상급 무사들보다도 더 나은 실력을 갖출 수 있었다.

이제는 어디 내놔도 창피하지 않은 막내가 되었다는 소리지.

"네에? 빨리 말씀해 보시죠? 일반 무사가 어쩌고 하신 거 같은데에~."

"……"

김채아는 깐족거리는 정이준을 죽일 듯 노려보았다.

어디 내놔도 창피하지 않다는 건 취소다.

다행히도 김채아는 분노를 누그러트리며 나에게로 시선을 돌렸다.

"그래, 백번 양보해서 이딴 괴롭히기식 훈련을 해내는 명청이가 있다고 치죠. 하지만 난 인정할 수 없습니다. 자고로 무공의 강함이란 내공과 외공의 조화, 그리고 무공의 숙련도로 결정되는 법. 저런 통나무를 들고 백날 앉았다 일어나 봤자 균형만 무너질 뿐이죠."

호오, 그냥 넘어갈 수 없는 발언이다.

"우리 광명대 훈련법을 무시하는 발언으로 들리는데요."

자그마치 우리 할아버지, 철혈의 수련법인데 말이다.

하지만 김채아는 물러서지 않았다.

"효율이 좋지 않다는 말입니다."

그리고는 의기양양하게 팔짱을 끼며 말했다.

"그래서 말인데, 우리 광명대장님 실력 좀 봅시다."

갑자기?

뜬금없이 비무를 신청하는 김채아였다.

아니, 애초부터 비무가 목적이었던 것 같다.

그러자 활을 든 남자가 다가와 말했다.

"채아야. 그건 좀……."

육도각에게 말을 놓을 수 있으면서 활을 사용하는 남자.

아무래도 저 남자가 마지막 육도.

육도궁인가 보다.

동료의 만류에도 김채아는 아랑곳하지 않고 말을 이어 갔다.

"광명대장님이 저를 이기면 이 훈련법대로 따르겠습니다.

하지만 제가 이기면 이 바보 같은 면접 방식을 사과해 주실 수 있겠습니까?"

"우와."

정이준이 진심으로 놀라고 말했다.

"신종 자살법인가 봐."

김채아가 노려보자 이준이는 모르는 척 시선을 돌렸다.

저러다 진짜 육도각한테 맞아 죽겠다.

어쨌든 내 입장에서는 굳이 받아 줄 필요가 없기는 하다.

하지만 그랬다가 육도각이 면접을 포기하고 나가 버리면 그건 그거대로 손해다.

탐나는 인재인 것은 사실이니까.

그러니 이번 기회에 나도 얻을 걸 얻어야겠다.

"그 말은 제가 이기면 광명대에 들어오시겠다는 말로 들리는데요."

"물론이죠. 진 쪽이 이긴 쪽 마음대로 하는 거로. 그렇게 하면 되겠네요."

"좋습니다. 그럼 바로 시작하죠. 저는 목검으로 하겠습니다."

"진검으로 하시는 게 좋을 텐데요."

"그럼 뽑게 만들어 보시죠."

"하. 내가 진짜 어이가 없어서."

그렇게 대화하는 사이 정이준이 목검을 가져왔다.

"대장님. 저 부탁이 하나 있습니다."

"뭔데?"

"저기 저 선인님 우리 부대 들어오면 막내가 되는 거 아니 겠습니까?"

"……아무리 그래도 그건 아니지 않냐?"

육도각이 막내라니.

아무리 그래도 그건 좀…….

"아니죠. 그래야 재밌지 않겠습니까?"

이 자식.

천잰데?

"상상해 보세요. 저 육도각이 심부름하는 모습을."

도저히 거부할 수 없는 제안이었다.

저 육도각이 막내라니.

광명대 공식 노예라니.

"……막내가 맞는 거 같구나."

"역시 우리 대장님."

정이준은 한쪽 무릎을 꿇으며 양손으로 목검을 건넸다.

"새로운 노예를 부탁합니다."

"아무렴."

그럼 광명대의 새 막내를 맞이하러 가 보자.

Chapter 97.

Chapter 97.

살아남은 상급 무사들은 갑자기 결정된 세기의 대결에 웅성거렸다.

그러거나 말거나.

김채아는 의기양양하게 웃으며 발목을 돌렸다.

성지한은 그런 친구를 걱정스럽게 바라볼 뿐이었다.

"너 그 성격 고쳐라. 그렇게 불같이 달려들다가 진짜 큰일 난다."

"지금까지는 그런 적 없는데?"

성지한은 슬쩍 이서하를 쳐다보았다.

"진명을 이긴 무사라는 거 못 들었냐?"

"그러니까 그게 일대일로 정직하게 싸워서 이긴 건지, 누가 도와준 건지, 아니면 애초에 싸우긴 한 건지 모른다는 거 아니야. 지금까지 저 위에 있는 병신들이 우리 공로 가로챈 게 몇 번인지 잊었어?"

"만약 진짜로 이긴 거라면?"

성지한이 정색하며 물었으나 김채아는 어깨를 으쓱할 뿐이었다.

"만약 진짜로 이긴 게 아니라면?"

그리고는 가볍게 몸을 돌렸다.

"지금부터 알아보면 되겠네."

그와 동시에 반대편에서도 이서하가 목검을 들고 걸어 나왔다.

진짜로 목검을 들고 나올 줄이야.

"우습게 보는 것도 유분수지."

보이지도 않을 정도로 까마득한 후배가 말이다.

"그렇게 경고를 했는데 목검을 들고 나왔네요? 그렇다고 봐줄 생각 없습니다. 광명대장님. 나중에 처음부터 진검을 들었으면 이겼다느니 하지 마세요."

상급 무사들이 이 비무의 증인이 되어 줄 것이다.

그러니 확실하게 말해 둘 필요가 있다.

어떤 결과가 나오든 그것이 기록으로 박제될 거라는 것을.

그러나 김채아의 살벌한 경고에도 이서하는 여유롭게 손

가락을 까닥였다.

"물론입니다. 선수는 양보하죠."

"하아."

저 정도까지 여유를 부리니 어이가 없을 정도였다.

"양보할 필요는 없겠지."

김채아의 양다리에 반투명한 기운이 서리기 시작했다.

육도각(六徒脚) 김채아의 무공.

선풍기갑각(旋風機甲脚).

이름 그대로 내공으로 다리에 갑옷을 두른 후 바람처럼 빠르게 적을 난타하는 무공이었다.

이윽고 다리에 내공 갑옷을 두른 김채아가 바로 도약했다.

펑! 하는 소리와 함께 그녀가 딛고 있던 땅이 분쇄되어 흩날렸다. 그리고 그와 동시에 이서하의 목검과 김채아의 다리가 격돌했다.

잠시지만 김채아의 얼굴에 당황이 어렸다.

'막아?'

회심의 일격이 너무나도 가볍게 막혔기 때문이다.

'아무리 화경의 고수가 무기를 가리지 않는다고 하지만……'

제 기량을 온전히 발휘하기 위해서는 이름난 명검이 필요한 것도 사실이었다.

그런데 고작 수련용 목검으로 자신의 일격을 막을 줄이야.

'무조건 뽑게 만들어야겠네.'

이제 시작일 뿐이다.

김채아는 바닥을 디딤과 동시에 뒤돌려 차기를 날렸다.

선풍기갑각(旋風機甲脚)의 특징은 크게 두 가지였다.

으레 모든 신법이 그렇듯 잘 짜여진 초식에서 폭발적으로 뿜어져 나오는 연격.

그리고 다리를 휘감은 기갑(機甲)이었다.

선풍기갑각(旋風機甲脚), 화(火).

김채아의 다리에 붉은 갑옷이 장착됨과 동시에 불꽃이 일 렁거리기 시작했다.

선풍기갑각(旋風機甲脚), 쥐불놀이.

김채아는 회전력을 이용해 이서하를 몰아치기 시작했다.

"우오오오!"

그 모습에 상급 무사들이 흥분해 외쳤다.

화려한 연격.

상급 무사들의 눈에는 이서하가 정신을 못 차리고 뒷걸음 질 치는 것처럼 보였다.

'이래도 안 뽑아?'

꼴사납게 수비만 하는 주제에 자존심은 있어서 진검은 뽑 지 않는다.

그렇다면 뽑을 수밖에 없게끔 만들면 될 일이다.

선풍기갑각(旋風機甲脚), 대화륜(大火輪).

거대한 불의 바퀴가 이서하를 강타했다.

목검을 들어 수비한 이서하는 세 걸음을 물러나 자세를 잡았다.

그러나 그가 들고 있던 목검은 화기에 불타 재가 되었다.

"이거 어쩌나? 진검 들어야겠는데."

"후우."

이서하는 작게 한숨을 내쉬더니 손잡이만 남은 목검을 앞으로 던졌다.

"그러긴 해야겠네요."

김채아는 조소와 함께 생각했다.

'역시 진명을 이겼다는 건 거짓말이네.'

젊은 나이에 화경의 초입에 들어섰다는 건 분명 대단한 일이었다.

하지만 그 이상도 이하도 아니었다.

만약 정말로 진명을 이길 정도의 실력자였다면 목검만 들고도 자신을 제압했을 것이니 말이다.

'너의 허황된 무명을 박살 내 주마.'

그렇게 생각할 때 이서하가 허리춤에서 검을 뽑았다.

"그럼 지금부터 제대로 가겠습니다."

그 순간이었다.

이서하의 몸에서 황금빛이 서리는 것과 동시에 심장이 쿵!
하고 떨어졌다.

김채아는 침을 삼키며 떨리는 손을 바라보다 다시 이서하에게로 시선을 돌렸다.

'뭐야?'

식은땀이 겨드랑이를 타고 흐른다.

마치 포식자를 앞에 둔 피식자처럼 온 신경이 날카로워진다.

'이 내가…….'

겁을 먹었단 말인가?

'그럴 리가 없어.'

김채아가 애써 고개를 내저으며 현실을 부정할 때였다.

"그럼 갑니다."

이서하가 움직이기 시작했다.

◆ ◈ ◆

실력은 확실히 괜찮다.

육도각(六徒脚) 김채아의 실력은 육도의 수장이라고 불리던 이재민보다도 훨씬 낮다고 할 수 있었다.

경지로 따지면 초절정 완숙의 경지.

아니, 화경 초입이라고 봐도 무방했다.

'기의 성질까지 다룰 줄 안다면 화경이라고 봐도 되겠지.'

내공의 양이 조금 아쉽기는 하지만 그건 영약과 수련으로 발전시키면 된다.

'그나저나…….'

어떻게 마무리를 지어야 할지 모르겠다.

'극양신공을 사용하면 금방이긴 한데……'

그랬다가는 이 목검이 못 버틴단 말이지.

그렇다고 극양신공을 사용하지 않고 김채아를 제압하려면 비등비등한 그림이 그려질 수밖에 없었다.

그건 별로 좋지 않다.

나의 무명(武名)이 곧 광명대의 위치가 될 것이니 말이다.

육도각 정도는 쉽게 제압하는 모습을 보여 줘야지.

'적당할 때 목검을 버리자.'

일단 육도각의 실력을 인정하며 목검을 버리고 진검으로 압도적인 모습을 보여 주면 될 것만 같다.

그리고 그 기회는 생각보다 빠르게 찾아왔다.

선풍기갑각(旋風機甲脚), 대화륜(大火輪).

하늘에서 불의 바퀴가 나를 향해 날아들었다.

나는 호신강기를 두르며 목검으로 불의 바퀴를 베었다.

내공이 실리지 않은 목검은 예상대로 불에 타 재가 되어 흩날렸다.

그러자 김채아가 잘난 척을 시작했다.

"이거 어쩌나? 진검 들어야겠는데."

도발은 너무 빠른 거 같은데.

"그러긴 해야겠네요."

잠재적 광명대원들에게 김채아의 실력은 충분히 보여 주

었다.

이제는 내 차례였다.

"그럼 지금부터 제대로 가겠습니다."

나는 천광을 뽑는 것과 동시에 극양신공을 사용했다.

몸이 가볍고 머리가 맑아지는 기분이다.

양기 폭주의 쾌락.

그리고 새로운 노예를 맞이한다는 생각에 들뜨기 시작했다.

"자 그럼……."

전투 준비를 마친 나는 김채아에게로 시선을 돌렸다.

그런데 그녀의 상태가 이상했다.

미세하게 떨리는 양손. 거기다 갈 곳을 잃고 흔들리는 동공까지.

'호오.'

살기를 드러낸 것도 아닌데 겁을 먹은 모습이었다.

'그런 거였나?'

나와 자신의 실력 차를 본능적으로 느끼고 있는 것이었다.

이는 매우 좋은 재능이다.

아마도 저 본능 덕분에 금수란의 마수에서 벗어날 수 있었겠지.

'본능적인 무사는 전쟁터에서도 활로를 잘 찾기 마련.'

조금 더 탐이 나기 시작했다.

"왜 그러십니까? 겁이라도 먹으셨습니까?"

"무, 무슨 소리를 지껄이는 거야?"

강한 척하고 있지만 말까지 더듬는 그녀였다.

뭔가 안쓰럽다.

그러나 홍의를 딱지치기로 따낸 건 아닌지, 이내 마음을 다잡고는 나를 향해 달려들었다.

선풍기갑각(旋風機甲脚). 대화륜(大火輪).

같은 기술이었지만 지금의 나에게는 너무나도 느리게 보였다.

그리고 애초에 양기 폭주를 사용한 나에게 화기(火氣)를 사용해 덤빈다는 것 자체가 실수다.

나는 천광으로 불의 바퀴를 베어 버린 뒤 그 뒤에 숨은 김채아의 발목을 잡아 던졌다.

"……!"

앞으로 광명대에서 일할 귀중한 노예, 아니 대원을 상처 입힐 수는 없으니 이렇게라도 내 실력을 보여 주는 수밖에.

그렇게 던져진 김채아는 공중에서 자세를 잡으며 고양이처럼 착지했다.

"너……!"

김채아는 분노에 찬 눈으로 나를 노려봤다.

나는 그런 그녀를 향해 어깨를 으쓱해 줄 뿐이었다.

"이제 실력 차는 알았을 거로 생각합니다만."

"……죽여 버리겠어."

몸을 부르르 떠는 김채아.

분노에 울 것만 같은 얼굴이었다.

저 아줌마 왜 저래?

'발목을 잡은 게 실수였나?'

각법을 사용하는 사람에게 있어 발목을 잡힌다는 건 엄청난 치욕이었다.

검사로 치자면 상대에게 검을 잡힌 것이나 마찬가지니 말이다.

의심의 여지도 없는 서열 정리.

하지만 그녀의 반응은 내가 예상한 것 이상이었다.

'화를 낼 줄은 알았지만.'

저렇게까지 이성을 잃을 줄이야.

난 시도 때도 없이 검을 뺏겼음에도 별로 화난 적이 없었는데 말이다.

아, 그 시절의 나랑 비교하면 안 되나?

"죽어어어어!"

이윽고 분노로 이성을 잃은 김채아가 나를 향해 달려들었다.

그녀를 막는 건 그리 어려운 일이 아니었다.

그러나 김채아가 이성을 잃은 이상 상처 없이 이 비무를 끝내는 건 불가능할 것이었다.

'어쩔 수 없나?'

웬만하면 원만하게 내 실력을 증명하고 끝낼 생각이었지

만 불가능할 것만 같다.

　그렇게 생각할 때.

　나의 육감에 거대한 음기가 포착되었다.

　"......!"

　산속을 가로질러 다가오는 음기.

　그것은 나를 향해 달려드는 김채아를 노리고 있었다.

　'이 정도 음기라면…….'

　마물급이다.

　이윽고 숲속에서 10척 장신의 인간형 마수가 튀어나왔다.

　강철처럼 단단해 보이는 검은 피부.

　동그란 얼굴에는 눈과, 코, 그리고 귀 대신 오직 거대한 입
만이 흉측하게 달려 있을 뿐이었다.

　'저건…….'

　구인흑귀(口人黑鬼).

　제국에서 본 적이 있는 마수였다.

　그리고 그것을 제국에서는 이렇게 불렀다.

　'검은 재앙.'

　절정 고수 정도는 순식간에 뜯어 먹는 강함.

　거기다 최소 백이 넘는 숫자로 몰려다니는 성향까지 있어
말 그대로 재앙과도 같은 존재였다.

　그 존재가 왜 남악에 있는가?

　'도대체 왜……?'

그러나 생각할 틈은 없었다.

'망할!'

나는 김채아의 공격을 피하며 그녀의 허리를 감았다.

"……!"

자세가 무너졌다.

하지만 낙월검법은 인간의 한계를 시험하는 검법.

그 어떤 자세에서도 초식을 사용할 수 있다.

낙월검법(落月劍法), 태양선(太陽線).

힘 조절을 할 새도 없다.

나는 온몸의 양기를 천광에 담아 휘둘렀다.

극한의 양기가 천광을 타고 한 줄기 섬광이 되어 흑귀를 반으로 갈랐다.

"키야야아아아악!"

소름이 돋는 비명.

그렇게 흑귀를 반으로 가른 섬광은 한 점으로 압축되었다 태양처럼 거대한 폭발을 일으켰다.

쿠오오오오오오!

게걸스럽게 대기를 섭취하며 커지던 화구는 이내 밝은 빛을 내며 소멸했다.

"하아, 하아."

그제야 나는 참았던 숨을 토해 낼 수 있었다.

그나저나…….

"이제 좀 떨어져도 됩니다."

내 목을 꽉 끌어안고 있던 김채아는 빠르게 양손을 펼치며 자리에서 일어났다.

"아……, 그러니까."

민망한 듯 시선을 피하던 그녀는 어렵사리 말을 이었다.

"덕분에 살았습니다."

"그럼 비무는 제가 이긴 거로 해도 되겠습니까?"

"그게……."

"아닙니까?"

그러자 김채아가 기어들어 가는 목소리로 답했다.

"……그렇게 하세요."

"잘 안 들리는데요."

"제가 졌습니다. 마음대로 하세요."

"좋습니다. 그럼 지금부터 김채아 씨는 광명대입니다."

김채아는 당황한 듯 말없이 눈을 깜빡였다.

"그게 전부입니까?"

"홍의선인한테 더 이상의 면접은 필요 없겠죠. 특채라고 생각하시면 됩니다."

"정말 그걸로 됩니까? 나야 어차피 광명대 들어오고 싶어서 지원한 거기도 하니 좋습니다만……."

왜인지 모르게 들떠 너스레를 떠는 김채아였다.

하지만 사람 말은 끝까지 들어야지.

"이준아. 막내 챙겨라."

"넵! 대장님."

그 순간 막내라는 말을 들은 김채아의 표정이 굳었다.

그리고는 자신을 향해 걸어오는 정이준을 벌레 보듯이 바라보았다.

정이준은 그런 시선에도 아랑곳 않고 말했다.

"가자, 막내야. 이 선배가 광명대에 대해 말해 주마."

"……저기 대장님. 농담이 너무 심한 거 같은데."

"농담 아닙니다."

나는 빙긋 웃어 주었다.

"아, 이제는 막내니까 말 놓아야지. 두 번째 면접 준비 좀 잘 해 줘."

"……."

"대답은?"

"하아."

머뭇거리던 김채아는 이내 체념한 듯 고개를 숙이며 작게 중얼거렸다.

"……네. 준비하겠습니다."

그렇게 광명대에 새로운 막내가 합류했다.

◆ ◆ ◆

두 번째 면접은 수월하게 진행되었다.

불만 가득했던 얼굴의 상급 무사들은 모두 존경심 가득한 눈으로 나를 바라봤다.

'생각보다 잘 풀렸네.'

백 마디의 말보다도 실력을 보여 주는 편이 빠르게 존경심을 얻을 수 있는 법.

안 그래도 김채아와의 비무에서 내 실력을 선보이며 존경심을 끌어내려 했는데 마수 덕분에 일이 잘 풀렸다.

"막내야! 뭐 하나! 다음 훈련 준비해야지!"

"다음 훈련이 뭔데, 이 미친놈아! 말을 해 줘야 알 거 아니야!"

"어허! 선배한테 그게 무슨 말버릇이야! 나 때는 말이야! 딱 하면 척하고 알아들었어!"

"아, 그럼 지금 딱 하고 네가 처맞을 때라는 걸 알아들었겠구나?"

"어디서 선배를 때리려고! 이거 하극상…… 꾸에엑! 대장님. 막내가 때려요!"

김채아의 발에 차인 정이준이 구원을 요청해 왔다.

저건 무시하자.

부려 먹는 것도 적당히 해야지 누가 패악질을 부리라고 했는가?

적어도 해야 할 일은 정확하게 말해 줬어야지.

홍의선인 무서운 줄 모르고 쯧쯧.

그나저나 아까 나타났던 구인흑귀가 마음에 걸렸다.

마수는 나찰의 음기로 인해 변화된 동식물들을 일컫는다.

그렇기에 마수의 종류를 안다면 그 지역에 거주하는 나찰 또한 어느 정도 특정이 가능하다.

거흑랑같이 흔한 마수들이 주류를 이룬다면 그들을 이끄는 나찰 또한 평범한 혈족에 지나지 않다는 것처럼 말이다.

그렇기에 지금의 상황을 절대로 가볍게 치부할 수 없다.

구인흑귀가 나타났다는 것은 남악에 있는 나찰이 결코 평범하지 않다는 의미나 마찬가지였다.

'또 다른 문제는……'

오직 제국에서만 나타나던 마수가 왕국에서 모습을 드러냈다.

이것들이 의미하는 뜻은 한 가지.

'제국의 나찰이 왕국으로 넘어왔다.'

그렇게 결론 내릴 수 있었다.

그것도 이름 있는 혈족의 나찰이 말이다.

"골치 아프게 됐네."

은월단 이놈들은 도대체 무슨 짓을 벌이는 것일까? 설마 왕국을 먹는 게 어려워졌다고 제국에 있었던 나찰들까지 전부 데리고 내려오는 건…….

"에이, 아니겠지."

설마 은월단의 마수가 제국까지 뻗어져 나가 있을까?

……라고 그냥 넘기는 건 멍청한 짓이다.

지금까지 회귀 전 지식만 믿고 일을 진행했다가 피 본 적이 몇 번인가?

한 번은 실수로 넘어가더라도 반복되면 지능 문제라고 봐야 한다.

내가 아무리 멍청해도 살아온 세월이 얼마인데 이런 단순한 실수를 반복해서야 되겠는가?

"더 빨리 준비해야겠네."

다른 건 일단 광명대부터 완성하고 생각해 보도록 하자.

어디를 가도 정이준의 목소리가 들려온다.

"어디 선배가 일하는데 막내가 앉아서 밥이나 먹고 있어!"

"나 때는 말이야! 선배가 숟가락을 들기도 전에 따뜻한 밥을 차려 놓고 그랬어!"

띠동갑도 넘는 후배에게 막내 소리를 듣던 김채아는 비명과 함께 일어났다.

"막내 아니라고ㅗㅗㅗㅗㅗ!"

짹짹짹!

청량한 새소리. 봄을 알리는 산뜻한 바람이 작게 열린 창 사이로 들어온다.

김채아는 거친 숨을 몰아쉬며 새어 들어오는 햇빛을 바라봤다.

"아, 씨발."

면접이 끝난 다음 날.

김채아는 뭐 같은 꿈과 함께 하루를 시작했다.

광명대 병영.

연무장에는 면접을 통과한 무사들이 옹기종기 모여 있었다.

김채아는 그런 병영 안쪽을 씁쓸하게 바라볼 뿐. 감히 들어갈 엄두를 내지 못했다.

들어가면 또 새파랗게 어린놈이 막내 어쩌고 하며 다가올 것이 뻔했기 때문이다.

'그냥 돌아갈까?'

없었던 일로 하고 고향으로 내려갈까?

작정하고 도망치면 아무리 이서하라도 잡으러는 못 올 것이다.

진심으로 그런 고민을 하고 있을 때였다.

"이야, 이게 누구야? 우리 채아 아니야? 진짜로 지원했었네?"

이 모든 일의 원흉.

이재민이었다.

김채아는 악우를 발견하자마자 그의 멱살을 잡았다.

"이재민 이 새끼! 너 때문에……."

"워워, 왜 그래? 지한이 말로는 훌륭하게 통과했다던데."

"……성지한 그 새끼가 뭐라고 했는데?"

"아주 제대로 발렸다고. 크크크. 그러니까 내가 뭐라고 했냐? 혼자서 진명을 이겼을 거라고 했잖아. 지금도 인정 못 하겠냐?"

김채아는 체념한 듯 고개를 숙였다.

광명대 면접에 지원하기 전 절대로 이서하가 진명을 이겼을 리 없다고 호언장담한 그녀였다.

해 놓은 말이 있는 만큼 하루아침에 태도를 바꾸기가 쉽지 않았다.

그러나 그렇게 꼴사나운 모습을 보이고도 인정하지 않을 수도 없지 않은가.

김채아는 머뭇거리다 입을 열었다.

"……불가능한 정도는 아니라고 정정할게."

"오, 언제는 진명이 세계 최강이라며?"

"아, 몰라! 묻지 마."

순간 자신을 지켜 주던 그 모습이 떠오른 김채아는 식겁하며 고개를 흔들었다.

'주책이야.'

순간 한참 어린 후배가 너무나도 듬직하게 보였다.

그때의 떨림이 기억날 때였다.

"왜 안 들어가나?"

"꺄악!"

갑작스럽게 들려온 목소리에 김채아는 비명을 지르며 한

남자를 바라봤다.

이서하.

이제부터 자신의 대장이 될 사람이었다.

"오, 이서하 선인."

"육도검님도 계셨네요?"

"그럼. 친구들이 새로운 부대를 찾았다는데 축하해 주러
와야지. 하하하."

김채아는 이재민을 살갑게 대하는 이서하를 노려보았다.

도대체 왜 이재민한테는 저렇게 깍듯하고 자기한테는 반
말인가?

같은 육도.

그것도 실력은 자신이 위인데.

"재민이한테는 되게 깍듯하시네요. 나랑 같은 육도인데."

"철혈대 대장님이니 대우를 해 드려야지."

이서하는 장난기 가득한 미소를 지었다.

"그쪽은 광명대 막내고."

"막내?"

이재민이 먹잇감을 포착한 맹수처럼 김채아를 돌아봤다.

"아……."

괜히 입방정을 떨었다가 절대로 들키고 싶지 않았던 것을
들켜 버렸다.

"하하하! 우리 미친개 김채아가 막내야? 이서하 선인 부대

에는 중급 무사도 있지 않나?"

"네, 있습니다."

"이제 19살짜리. 맞지?"

정이준을 말하는 것이었다.

"그런데 김채아가 막내? 크하하하하. 이거 진짜 오래 살고 볼 일이야. 잠깐만, 막내가 지금 뭐 하고 있나? 안으로 들어가서 신입 대원 맞이할 준비 하지 않고."

"너 죽을래. 이재민?"

"어허. 철혈대 대장한테 감히 말을 놓는 것이냐? 무엄하다."

김채아는 눈을 감으며 주먹을 쥐었다.

참자.

나중에 사적인 자리에서 쥐도 새도 모르게 죽여 버리면 되니까.

그보다…….

"대장님, 잠깐 나랑 말 좀 해요."

이서하의 입단속이 먼저였다. 이대로라면 자신의 흑역사를 온 수도 백성들이 알게 될 테니까.

그렇게 이서하의 손을 잡으려고 할 때였다.

짝! 하는 소리와 함께 손이 원래의 방향을 잃고 틀어졌다.

"응?"

어리둥절하게 올려다본 그곳에는 소름 돋을 정도로 아름다운 여자가 서 있었다.

123

진한 풍란 향과 은하수를 담은 듯한 눈동자.

유아린.

광명대의 부대장이었다.

그녀는 김채아를 향해 미소를 지어 보이며 말했다.

"함부로 만지지 말아 주실래요?"

"뭐?"

이건 또 뭔 개소리야?

◆ ◆ ◆

짝!

아린이가 김채아의 손을 쳐 냄과 동시에 난 좆됐음을 본능적으로 감지했다.

"함부로 만지지 말아 주실래요?"

"뭐?"

어떻게든 이 상황을 진정시켜야 한다고 생각할 때였다.

김채아가 다시 한번 손을 뻗었고 아린이가 또 한 번 쳐 냈다.

짝!

명백히 의도적인 쳐 내기.

아린이를 죽일 듯이 노려보던 김채아는 허탈하게 웃으며 말했다.

"너 뭐냐?"

"유아린. 광명대 부대장입니다."

"아하, 부대장. 높으신 분이네. 그래서 예의도 없는 건가?"

"누가 내 사람한테 쓸데없이 친한 척하는 건 별로라서요. 조심 좀 해 줬으면 좋겠는데."

"잠깐만. 그러니까 지금 내가 이 떡두꺼비한테 사심이 있어서 그런 거로 생각한 거야?"

떡두꺼비라니.

그래도 나 잘생겼다고 해 주는 사람이 얼마나 많은데.

우리 아버지라든가, 아린이라든가.

……많진 않구나.

"떡두꺼비라뇨? 우리 서하가 얼마나 가치 있는 사람인데. 적어도 황금 두꺼비는 돼야죠."

두꺼비 쪽은 정정해 주지 않는 거냐?

"나 참, 어이가 없어서. 개나 소나 날 무시하네."

"개나 소가 아니라 광명대 부대장 유아린입니다. 그러는 그쪽은 우리 부대 막내 아닙니까?"

"아무래도 서열 정리 한번 하고 가야겠네."

이러다가는 김채아와 아린이의 비무가 벌어질 것만 같았다.

십중팔구 아린이가 압승할 것이 뻔했다.

그랬다가는 육도각의 자존감이 바닥까지 떨어질 터.

겨우 맞이한 막내가 망가지는 걸 볼 수는 없었다.

그렇게 생각할 때였다.

"너 따라…… 읍!"

이재민이 김채아의 입을 막았다.

"아하하하, 우리 채아가 할 일이 많은데 여기서 이러고 있네. 빨리 안으로 들어가서 신입 대원들을 맞이해 볼까?"

"놔! 내가 저년 머리채를 확 뽑아 버릴 테니까!"

"하하하, 이 녀석. 어디서 그런 무서운 말을……."

감사합니다. 육도검님.

다음에 밥 한번 사겠습니다.

"이상한 여자네. 저 사람."

이상한 걸로 따지면 너도 만만치 않지 않을까?

하지만 감히 입 밖으로 내뱉을 수는 없었다.

입맞춤한 뒤로 아린이의 행동이 여러 가지 의미로 무섭다.

"친하게 지내 줘. 새로운 부대에서 적응하기 힘들 테니까."

"응. 친하게 지낼 거야. 너한테 찝쩍거리지만 않으면."

"아……."

"왜? 혹시 저 사람이 마음에 들어? 그럼 신경 쓰지 마. 두 번째 부인으로 삼으면 되니까."

첫 번째 부인이 누군지는 물을 필요도 없을 것만 같다.

"가자. 연설 시간 늦겠다."

아린이가 멍하니 있던 내 손을 잡아끌었다. 마치 개선장군처럼 김채아 보란 듯이.

이것을 김채아가 부러워할지는 알 수 없었으나 적어도 다른 상급 무사들은 부러움에 가득 찬 표정으로 나를 바라보고 있었다.

단상으로 올라간 나는 천천히 합격자들을 돌아보았다.

면접을 통과한 무사들은 예정한 대로 정확히 500명.

모두 존경심 가득한 눈으로 내 입이 열리는 것만을 바라보고 있었다.

나는 목을 가다듬고 준비한 쪽지를 꺼냈다.

"광명대의 지옥 훈련을 견디고 이 자리에 선 무사분들에게 축하를 건넵니다. 오늘부터 당신들은 광명대의 정식 무사입니다."

내 말이 끝나기가 무섭게 환호성이 울려 퍼졌다.

저렇게까지 좋아하면 곤란한데 말이다.

면접 때 겪은 지옥 훈련을 앞으로 매일 해야 한다는 걸 알면 무슨 표정을 지을까?

'그냥 지금은 기뻐하게 놔둬야겠다.'

괜히 초 치지 말자.

일단 지금은 합격의 기쁨을 누리게끔 해 주는 것이…….

"광명대장은 여기 있나!"

내공을 담은 우렁찬 목소리.

나는 정문으로 들어오는 남자에게로 시선을 돌렸다.

백성엽 대장군이었다.

언제나 진지한 그였으나 이번에는 분위기가 더 심각해 보였다.

오죽하면 환호성을 지르던 상급 무사들마저도 바로 숨을 죽이고 그에게 경례하겠는가.

"무슨 일이십니까?"

단상 밑으로 내려오자 백성엽은 깊게 한숨을 내쉬었다.

뭔가 일이 일어나도 크게 일어난 모양이다.

"알고 있었나?"

다짜고짜 알고 있었냐고 물어보면 뭐라고 대답해야 할지 모르겠다.

"무슨 이야기인지 잘 모르겠습니다. 자세하게 말씀해 주시죠."

"제국이 무너졌네."

"네?"

방금 뭐라고…….

"황제가 죽었단 말일세."

내가 잘못 들은 것일까?

회귀 전, 황제는 분명 왕국이 완전히 무너질 때까지도 살아 있었다.

도대체 왜 죽었을까? 내가 아무리 많은 걸 바꿨다고 해도 그건 왕국에 국한된 일이었다.

제국에 관여한 일이라고 해 봤자 요령성 반란 진압밖에 없었다.

아무리 조그마한 변화가 미래에 큰 영향을 끼친다고 한들 거대 제국 황제의 생사를 가른다는 게 말이 되는 일인가?

혼란스럽다.

회귀 전과 미래가 달라진 적은 있었으나 이토록 큰 변화는 처음이었다.

"이 또한 알고 있었던 것인가?"

백성엽에게는 미안하지만 솔직히 전혀 예상치 못했다.

그러나 솔직하게 말하면 지금까지 쌓아 온 신뢰에 금이 갈 터.

앞으로도 누구보다 강한 발언권을 이어 가기 위해서는 지금의 신용을 유지해야만 한다.

……에라 모르겠다.

"모두 예상대로군요."

일단 허풍부터 치고 보자.

◆ ◈ ◆

허풍의 대가였을까?

나는 바로 신유민 전하, 정해우, 그리고 백성엽이 있는 회의실로 끌려갔다.

이제 와서 계획 같은 건 없었다고 한다면 그냥 안 넘어가겠지.

일단 미래가 왜 이렇게 극단적으로 달라졌는지를 한번 생각해 보도록 하자.

'내가 제국에서 한 일이라고는 요령성을 지킨 것 하나뿐

인데…….'

요령성 전투.

그것이 중요했던 이유는 보다 더 확실하게 제국의 지원을
받기 위함도 있었다.

회귀 전, 전쟁이 벌어지자마자 제국에서는 계명의 잔도를
통해 지원 병력을 보냈다.

하지만 문제는 소자현이었다.

요령성은 제후들에게 통행료를 요구했고 잔도를 훼손하는
등 사사건건 방해하는 바람에 원활하게 진행되지 못했다.

그렇기에 전쟁 초기 무상으로 지원을 보내 주던 제후들마
저 왕국에 돈을 요구하기 시작했고 왕국은 이를 감당할 수 없
어 결국 지원이 끊기게 된다.

그러나 그 역사가 나 때문에 틀어졌다.

요령성의 주인은 여옥비였고 그녀는 왕국에 큰 빚을 진 상
태이니 지원을 방해할 이유가 없다.

오히려 요령성의 무사들을 차출해 지원을 오면 지원을 오
겠지.

'그래서 황제를 죽였나?'

다른 제후들이 왕국과 나찰의 전쟁에 개입할 수 없게?

'황제가 죽은 후 제후들이 미쳐 날뛴다.'

안 그래도 제국은 반란군조차 쉽게 진압하지 못할 정도로
뒤숭숭했다.

그런 상황에 황제까지 죽었으니 야망 있는 제후들이 한 자리 차지해 보겠다고 날뛰는 것은 기정사실이나 다름없다.

아마도 회귀 전처럼 황제 자리를 놓고 전쟁이 벌어지겠지.

'그러면 그 어떤 제후도 지원군을 보내 줄 수 없을 것이다.'

자기 발등에 불이 떨어졌는데 왕국을 신경 쓸 수나 있을까?

게다가 우리 왕국은 제국에서 넘어온 나찰까지 상대해야만 한다.

'구인흑귀를 만들 정도의 나찰이라면⋯⋯.'

위대한 혈족.

그 이름을 떠올리자 나도 모르게 식은땀이 흐르기 시작했다.

위대한 혈족이란 제국 땅의 일곱 나찰을 지칭하는 말이다.

나찰의 힘은 혈통에서 나오고 위대한이라는 형용사에서 알 수 있듯이 이 일곱 나찰은 다른 이들과 비교도 할 수 없을 정도의 강함을 뽐냈다.

'아직 완전히 준비도 안 됐는데⋯⋯.'

위대한 혈족들까지 상대해야 하는가?

머리 아프다.

신태민을 물리치고 신유민 전하를 왕으로 만든 이상 미래가 어느 정도 뒤틀릴 거라는 건 예상한 바였다.

그런데 생각보다 더 많이 뒤틀렸을 줄이야.

'어쩔 수 없지. 답은 이미 나와 있다.'

앞서가던 백성엽이 발걸음을 멈추고 나는 고개를 들었다.

신유민 전하의 서재.

아주 오랜만에 찾는 곳이었다.

"들어가지."

서재 안에는 신유민 전하와 정해우가 앉아 있었다.

국왕 전하와 문하시중, 그리고 대장군.

이 나라를 지탱하는 세 기둥이 모두 모인 것이었다.

새삼스럽게 긴장된다.

이전까지는 미래의 지식을 가지고 확신을 담아 의견을 냈다면 지금부터는 정보를 토대로 나의 판단을 말해야 한다.

만약 내 판단이 틀리면?

그때는 회귀 전과 같은 비극이 재현되겠지.

역시나 회귀는 나 같은 놈이 아니라 조금 더 똑똑한 사람이 했어야 하는 거 아닐까.

자책도 잠시 신유민 전하가 자리를 권했다.

"왔느냐? 앞에 앉거라."

"네, 전하."

그리고는 자리에 앉자마자 질문이 쏟아졌다.

"황제가 죽었다. 그의 적법한 후계자까지도 모두. 혼란스러워지겠지. 일이 이리될 줄 알고 있었느냐?"

백성엽 장군과 같은 질문이다. 살짝 찔리지만 태도는 확실하게 해야겠지.

"네, 예상하였습니다."

"예상했다고요?"

문하시중 정해우가 감탄하며 끼어들었다.

아마 지금까지 쌓아 올린 신용이 없었다면 감탄이 아니라 비웃음이 나오지 않았을까?

"어떤 것을 근거로 이를 예상했는지 물어봐도 괜찮겠습니까?"

"요령성에 갔을 때 제국의 황제는 이미 권력을 잃은 상태였습니다. 민간인의 반란에 스스로 임명한 성주가 죽었음에도 반응하지 못할 정도였으니까요. 황제의 권위가 땅에 떨어졌음을 의미합니다."

"그렇다고 황제를 시해할 거로 예측하기는 쉽지 않았을 텐데요."

안다. 근거가 매우 빈약하다는 것을.

하지만 이럴 때일수록 더욱 당당하게. 확신을 담아 말할 필요가 있다.

언젠가 정이준이 말한 적이 있다.

사기의 9할은 자신감이라고 말이다.

"전 황제를 인간이 시해했다고 생각하지 않습니다."

"그럼 누가……."

"나찰입니다."

내 말에 정해우가 표정을 굳히는 순간 신유민 전하가 끼어들었다.

"그렇다면 이 사건도 나찰 전쟁과 관련이 있다고 보는구나."

신유민 전하가 정확히 핵심을 짚었다.

"네, 직접적으로든 간접적으로든 나찰의 소행일 것입니다."

회귀 전에도 황제의 죽음에 관한 기록은 거의 없었다.

하지만 연이어 벌어진 상황들의 정황을 고려한다면 나찰들이 연관되어 있다고 보는 게 타당하겠지.

아니어도 어쩔 거냐? 당당하게 가자. 당당하게.

"그럼 나찰이 그렇게 한 목적은?"

백성엽 장군께서 좋은 질문을 던졌다.

"제국을 혼란스럽게 만들어 왕국 전쟁에 개입하지 못하게 만드는 것이 첫 번째 이유입니다."

요령성에서 소자현이 실패한 이상 은월단에게 남은 방법이라고는 그것밖에 없었을 것이다.

"그리고 두 번째 이유는……."

이 두 번째 이유가 중요하다.

"제국의 나찰들이 왕국으로 오기 전 서둘러 일을 끝마친 것으로 추정됩니다."

"제국의 나찰이라니? 놈들이 왕국으로 오고 있다는 소리인가?"

"네."

위대한 일곱 혈족이니 뭐니 하는 말은 미리 하지 말도록 하자.

애초에 진짜로 일곱 혈족이 왕국으로 넘어오는지도 확실하지 않은 데다가 지금 내가 그들의 존재를 알고 있다는 것 또한 이상하다.

중요한 것은 나찰이 남하한다.

그 사실뿐이니까.

"상황은 잘 알겠네. 그럼 앞으로 우리가 무엇을 해야 하나?"

드디어 본론으로 들어갔다.

"가장 먼저 제국을 안정시켜야 합니다. 그러기 위해서는
세력의 통합이 뒷받침되어야 합니다."

그러자 백성엽이 퉁명스럽게 말했다.

"제국의 세력을 어떻게 통합할 거지?"

"적법한 후계자를 내세운다면 가능할 것입니다."

강력한 구심점만 있다면 제후들을 하나로 모으는 것도 가
능했다.

"적법한 후계자는 없습니다."

정해우의 말이었다.

"첩보에 의하면 황제를 비롯해 자식들까지 모두 죽었다고
합니다. 적법한 후계자는 남아 있지 않습니다."

"아뇨, 있습니다."

그렇게 알려져 있겠지.

회귀 전에도 황제와 함께 적법한 후계자들 모두가 몰살당
했었다.

하지만 무릇 황제라면 숨겨 놓은 자식 한둘은 있기 마련 아
닌가?

실제로 황제가 시해된 지 몇 개월 뒤, 막내 왕자가 수련을 위해 남부의 사찰에 가 있었다는 사실이 알려진다.

어렸을 때부터 몸이 약했던 막내아들을 비밀리에 절로 보내 수련을 시켰던 것이다.

"황제에게는 숨겨 놓은 자식이 있습니다. 적법한 후계자만 있다면 친제국파 제후들은 전부 그 밑으로 모이겠죠."

회귀 전 이 사실이 알려졌을 때는 나찰들이 황제의 막내아들을 제거한 뒤였지만 이번에는 다르다.

정보전은 그 누구도 날 이길 수 없거든.

"제가 직접 황제의 막내아들을 확보한 뒤 요령성을 중심으로 제후들을 모아 제국을 안정화시켜 보겠습니다."

급조한 작전치고는 내가 생각해도 정말 잘 짠 것만 같다.

그나저나 대답이 없다.

설마 기각되는 건 아니겠지.

그렇게 고민하고 있을 때 신유민 전하가 허탈하게 말했다.

"그런 건 또 어디서 들은 건가? 이서하 찬성사."

"네?"

"숨겨 놓은 자식 말이네. 얘기를 들어 보니 제국 사람들도, 황제 시해에 성공할 만큼 치밀했던 자들도 그 존재를 모르는 거 같은데 자네는 어떻게 알았나?"

"……그게 말입니다."

제가 회귀를 해서 압니다!

그렇게 말하고 싶었다.

하지만 그럴 수는 없고, 말한다고 믿어 줄 거 같지도 않고.

진짜 어쩌지?

그렇게 나도 멍하니 서 있을 때 신유민 전하가 웃음을 터트렸다.

"하하하, 왜 그렇게 멍청한 얼굴인가? 뭐 하나? 안 움직이고."

"네?"

"황제의 숨겨 둔 자식을 확보한다지 않았나? 시간이 촉박할 테니, 알아서 대원을 선발해 움직이도록."

역시 신유민 전하.

대인은 사소한 문제 따위 신경을 쓰지 않는 법이었다.

"그럼 바로 움직이겠습니다!"

회귀 전과는 상황이 다른 만큼 앞으로 어떤 변수가 펼쳐질지 모른다.

전하의 말대로 한시가 급하다.

그렇게 서재를 나온 나는 가슴을 쓸어내렸다.

"잘될 거야. 잘될 거다."

뭐든 잘될 것이다.

내가 그렇게 만들리라.

◆ ◈ ◆

"황제가 죽어요?"

제국 남서의 한 객잔.

말총머리의 여자는 숟가락을 든 상태로 굳었다.

그녀의 반대편에 앉은 백기는 긴 창을 손질하면서 말을 이어 갔다.

"그렇다니까. 황제 폐하께서 괴한에게 당했다고 하더군. 그쪽도 그만 왕국으로 돌아가는 게 어때? 여기도 벌써 반란군과 제국군의 전투가 벌어지고 있는 모양이야."

그 순간이었다.

쾅! 하는 소리와 함께 백기가 화들짝 놀라며 여자를 올려보았다.

"아씨! 깜짝이야!"

식탁을 있는 힘껏 내려친 여자는 주먹을 불끈 쥐며 일어나 외쳤다.

"이건 그냥 넘어갈 수 없겠네요."

"뭘?"

"사람들을 구해야죠!"

"……미쳤어? 네가 뭔데 사람을 구해? 그럴 능력은 있고?"

"어머, 능력이 왜 없어요? 여기 무사님들도 많고, 사람들 먹일 식량도 충분한데."

"잊었나 본데, 우리는 용병이야. 그리고 식량은 팔려던 거 아니었어?"

"때로는 돈보다 중요한 것도 있는 법이죠."

"그게 상인이 할 말이냐?"

처음부터 이상한 여자라고 생각했다.

상인이랍시고 와 놓고는 가는 곳마다 사람들을 위해 돈을 뿌리고 다녔으니 말이다. 막말로 돈을 쓰러 온 건지 벌러 온 건지 모를 정도였다.

어쨌든 처음 있는 일도 아니었기에 백기는 헛웃음과 함께 말을 이어 갔다.

"……그쪽이 좋은 일 하겠다는 건 알겠는데, 우리는 돈이 가장 중요하거든. 제국 사람들을 왕국으로 빼낼 생각이면 지금의 보수론 안 돼. 기존의 2배는 더 줘야 할 거다."

"헐! 실망이에요! 사람 그렇게 안 봤는데."

"뭐가 실망이야? 용병이 돈을 밝히는 게 뭐 어때서? 그리고 너도 원래 그래야 하는 거야."

백기는 당당하게 여자의 눈을 바라봤다.

금방이라도 울 것만 같은 얼굴을 보니 죄책감이 밀려왔다.

"쩝……."

백기는 입맛을 다시며 시선을 피했다. '왕국 사람도 저러는데 같은 제국 사람이 돼서 너무한 건가?'라는 생각이 절로 들기 시작한다.

"2배라고 했죠?"

여자는 코를 훌쩍이며 주머니를 뒤적거리기 시작했다.

"왕국에 무사히 가면 드릴게요. 계약서 쓰시죠."

"아 또 무슨 계약서를 쓰고 그래. 난 현금 아니면 일 안 해."

"아아아~ 일해요! 일해 주세요! 이제 와서 다른 용병도 못 구해요!"

떼를 쓰기 시작하는 여자.

백기는 어깨를 흐느적거리는 여자를 바라볼 뿐이었다.

그러자 뒤에서 부하들이 한마디씩 던졌다.

"아! 대장! 우리도 좋은 일 좀 합시다!"

"그럽시다. 왜 우리 행수님을 울리고 그래요?"

"무사라면 협(俠) 아닙니까! 협(俠)!"

저 새끼들이.

월급 한 달만 밀려도 파업하는 놈들이 말은 잘한다.

부하들이 저렇게 말해 주니 어쩔 수 없지.

백기는 마지못해 고개를 끄덕였다.

"좋아. 그럼 연장 의뢰 받아 주마. 계약서 쓰자."

"진짜요? 백기 씨 너무 좋아!"

"빨리 계약서나 내놔."

백기는 계약서에 지장을 찍은 뒤 작게 한숨을 내쉬었다.

뭔가에 홀린 듯 지장을 찍긴 했지만 뒤늦게 억울함이 밀려들었다.

"내가 원래 이런 계약은 안 하거든. 이번만 특별히 해 주는 거다."

백기는 선금을 받지 않으면 절대 일을 하지 않는 주의였다.

나중에 받기로 했다가 죽어 버리면 억울하니 말이다.

"네! 감사합니다. 백기 단장님."

백기는 피식 웃으며 여자가 내미는 손을 잡았다.

뭔가 이 여자한테 말려 들어간 것만 같다.

처음 만났을 때부터 좀 싸한 느낌이더라니. 이상한 여자한테 코 꿰여 버렸다.

그렇게 계약서를 챙긴 여자는 벌떡 일어나며 말했다.

"자! 바로 출발하시죠. 빨리빨리 움직이세요!"

"아무렴요. 그래야죠. 진가상단……."

그리고는 미소와 함께 말했다.

"진소은 행수님."

Chapter 98.

Chapter 98.

"우리는 제국으로 간다."

광명대로 돌아온 내가 친구들 앞에서 한 말이었다.

그리고 예상대로 반응은 좋지 않았다.

"……."

장기를 두고 있던 상혁이와 이준이가 나를 돌아본 채로 굳었다.

"왜 그렇게 쳐다보냐?"

"또 무슨 일인데?"

"제국이라니. 얼마나 이상한 일을 벌이려고……."

내가 언제 이상한 일을 벌였다고 저러는 건지 모르겠네.

난 반드시 해야만 하는 일들을 했을 뿐인데 말이다.

"이상한 일 아니야. 간단한 일이다. 내일 중으로 출발할 거니까, 옷가지랑 기본적인 물건들만 챙겨 놔."

"간단한 일이 뭔지 물어도 되겠습니까? 대장님."

"쉽고 간단한 일이야. 걱정하지 마."

"그러니까 그 쉽고 간단한 일이 뭔지 듣고 싶습니다."

"듣고 싶지 않을 텐데?"

"듣지 않는다고 일어나지 않을 일도 아니니까요."

역시 이준이.

똑똑해서 좋다. 그렇게 원한다면 말해 줄 수밖에.

"황제의 막내아들을 찾으러 갈 거다."

"아하! 정말 쉽고 간단한 일이군요! 아쉽네요. 하필이면 제가 내일부터 할아버지 제사가 있어서 고향에 내려가 봐야 해서 말입니다."

"너희 할아버지 살아 계시지 않냐?"

"쳇."

살아 계신 할아버지 죽이지 말라고.

그러니까 듣고 싶지 않을 거라고 했잖아.

내일 들었으면 적어도 오늘 밤은 걱정 없이 잤을 거 아니냐.

"다른 애들한테도 말해 줘. 그리고 김채아 선인님은?"

"신입 대원들 데리고 예비 교육 시켜 주고 있습니다."

"……네가 시켰냐?"

"막내가 하는 일 아닙니까?"

"그걸 하란다고 또 해?"

"저랑 같이 있는 것보다는 좋다고 하던데요."

아, 알 것만 같다.

나 같아도 정이준 같은 선임이랑 같이 있고 싶지 않겠지.

"그럼 네가 가서 불러와라."

"왜요?"

"네 호위를 맡길 거거든."

"오오! 좋습니다."

김채아 선인은 절대 싫다고 하겠지만 말이다.

그래도 호위는 필요하다.

이준이가 제아무리 열심히 수련했다고 한들 아직 전력이 되기에는 멀었다.

반란군이 지천으로 깔려 있고, 운이 나쁘면 나찰까지 만날 수 있는데 호위 하나 없이 데리고 갈 수는 없지.

김채아 정도면 이준이를 믿고 맡길 수 있을 것이다.

'잠깐, 오히려 고양이에게 생선을 맡기는 꼴인가?'

저 자식 하는 거 보면 김채아 선인한테 맞아 죽을 수도 있을 거 같은데 말이다.

적당히 깝죽거리라고 전해 놓아야겠다.

그렇게 다음 날이 밝았다.

난 떠나기 전에 청신에서 올라온 김한결 스승님과 육도궁 성지한을 불렀다.

"일이 있어 잠시 자리를 비울 겁니다. 신입 무사들은 훈련 교관님이 좀 맡아 주세요."

"걱정하지 마. 돌아올 때 즈음에는 최정예로 만들어 놓을 테니까."

이미 철혈대 내부에서 악명이 자자한 스승님이라면 신입 개조를 믿고 맡길 수 있을 것이었다.

"그리고 내가 없는 동안 성지한 부대장이 수고 좀 해 주세요."

"네, 최선을 다하겠습니다. 다녀오십시오."

육도궁 성지한.

후암에게서 보고서를 받아 본 결과 그는 선인의 정석이라고 할 수 있을 만한 사람이었다.

기록에 따르면 육도궁은 전장에서도, 그리고 부대 관리에 있어서도 선인(仙人)이라는 칭호에 걸맞은 실력을 보여 주었다.

제대로 된 선인이 거의 없는 현 시국에 빛과 소금과도 같은 존재라고나 할까.

게다가 광명대 입장에서도 꼭 필요한 인재였다.

자그마치 우리 부대 최초 정상인이었으니 말이다.

'다들 정상과는 거리가 머니까.'

천재와 바보는 종이 한 장 차이라더니 실제로 만나 보니 다 바보들이었다.

그나마 행정 쪽은 지율이가 맡아 주고 있었지만 너무 원칙

주의자란 말이지.

　앞으로는 성지한이 우리 부대의 전반적인 관리를 도맡아야 할 것이다.

　이번 기회에 그의 능력을 볼 수 있겠지.

　"그럼 믿고 가겠습니다."

　지금까지 자신의 육도대를 훌륭하게 이끌어 준 사람이다. 오히려 나보다 부대 관리는 더 잘할지도 모르지.

　그렇게 마차에 오르자 김채아가 심드렁하게 말했다.

　"왜 쟤한테도 존댓말이냐?"

　"선인님이니까."

　"그럼 나는?"

　"아줌마는 내기에 져서 막내잖아."

　"……아줌마?"

　"그럼 이모라고 부를까?"

　"와, 이걸 죽일 수도 없고."

　김채아는 눈을 감으며 앞머리를 휘날렸다.

　그러게 왜 나한테 내기 같은 걸 걸어서 자기 무덤을 파시나.

　"자, 그럼 가 봅시다."

　이왕 이렇게 된 거 제국의 운명도 한번 바꿔 보자.

제국 남서부의 원남성.

거대한 사찰들이 즐비한 이곳에서도 가장 유명한 두 곳이 있었다.

부동심법으로 유명한 심명사(心明寺)와 싸우는 수도승들로 이름이 알려진 진혈사(眞血寺).

심(心)과 신(身).

같은 신을 모시면서 동시에 다른 교리를 가진 두 사찰은 처음부터 앙숙일 수밖에 없었다.

그러던 중 약 30년 전.

사건이 하나 터진다.

진혈사의 무승이 심명사의 승려 하나를 대낮에 밟아 죽인 것이었다.

이유는 심명사의 승려가 진혈사를 모독했기 때문이라고 했다.

하지만 이는 진혈사 무승의 주장일 뿐이었고 심명사의 무승들은 절대로 그럴 리가 없다며 항의했다.

그러나 진혈사가 이를 인정해 줄 리가 없었고 오히려 자신들의 교리를 모독한 심명사에게 공식적인 사과까지 요구했다.

그렇게 케케묵었던 악감정마저 고양되면서 서로를 이단으로 부르며 전쟁이 시작된다.

이 피 튀기는 싸움을 멈춘 것은 원남성의 성주였다.

지금 당장 전쟁을 멈추지 않으면 군을 동원해 양측 다 멸문

시켜 버릴 것이라며 말이다.

그러나 황제의 죽음과 함께 원남성이 휘청거리기 시작했다.

사방에서 반란군이 일어나고 원남성군은 이를 통재하는 것조차 힘겨워했다.

그러던 중 진혈사(眞血寺)가 먼저 움직였다.

"살려 주십시오. 저희는 그저 시키는 대로만 했을 뿐입니다."

마을 촌장은 머리를 땅에 찧으며 목숨을 구걸했다.

그런 그를 승려들이 내려다보고 있었다.

모든 승려가 탄탄한 상체를 훤히 드러낸 상태로 붉은 가사만을 두른 상태였다.

진혈사의 무승(武僧)들이었다.

그중 나무 밑동에 앉아 피를 닦던 사내가 말했다.

"부처님께서 말씀하시길 본디 남의 것 또한 없으며 내 것도 없다고 하였다. 너희는 심명사의 것도 아니며 우리 진혈사의 것도 아님을 아는데 왜 그리 서둘러 변명하느냐?"

진승(眞僧).

진혈사의 주지이자 제일권(第一拳)이었다.

진승의 말을 들은 마을 촌장은 희망에 찬 얼굴로 고개를 들었다.

"용서해 주시는 겁니까?"

"용서할 것이 없지 않으냐? 너희가 잘못한 것이 없는데."

진승은 자리에서 일어나 무릎 꿇은 사람들을 하나하나 돌아보았다.

노인부터 아이들까지.

모두가 벌벌 떨고 있다.

이해가 가지 않는다.

왜 저렇게 겁을 먹는 것일까?

"그저 운명이다."

진승은 촌장과 눈높이를 맞추며 그의 얼굴을 잡았다.

"너희가 심명사에 시주한 것. 그들과 친밀한 관계를 유지한 것. 그렇기에 우리의 공격을 받은 것. 이 모든 것이 인과에 따라 일어난 일이며 그 누구의 잘못도 아니리라."

모든 것은 하늘의 뜻이었을 뿐.

누군가의 죄라고 할 수 없다.

진승의 말은 한없이 자비롭게만 들렸으나 촌장은 벌벌 떨 수밖에 없었다.

"너의 두려움 또한 삶을 너의 것으로 여기는 데서 비롯된 것이니."

진승의 눈빛에는 오직 광기만이 보였기 때문이다.

"사, 살려 주십시오. 스님."

진승은 벌벌 떠는 촌장을 보며 미간을 찌푸렸다.

인간은 오만하다.

음식, 옷, 집, 가족, 그리고 자신의 삶까지 스스로가 소유할 수 있다고 생각한다.

그러나 그 모든 것은 나 자신의 소유물이 될 수 없다.

"그 모든 것은 너의 것이 아니니……."

진승은 촌장의 목을 돌렸다.

"미련 없이 보내 주거라."

그와 동시에 승려들이 앞으로 걸어가 마을 사람들을 하나하나 처리하기 시작했다.

둔탁한 소리와 함께 여기저기서 날카로운 비명이 울려 퍼진다.

진승은 지그시 눈을 감고 불경을 외울 뿐이었다.

"부디 깨달음을 얻었기를……."

그때 진승의 곁으로 한 스님이 달려와 말했다.

"주지 스님. 일각 대사님께서 부르십니다."

"무슨 일이라고 하시더냐?"

"급한 일이라는 것만 알려 주셨습니다."

진승은 고개를 끄덕였다.

급하게 진혈사로 돌아온 진승은 바로 방장의 방으로 향했다.

방에는 한 남자가 화초에 물을 주고 있었다.

"부르셨습니까? 방장님."

"오, 주지 스님. 어서 오십시오. 기다렸습니다."

방장은 환한 목소리로 진승을 맞이했다.

그는 짚을 꼬아 만든 승립(僧笠)을 쓰고 있었으며 하얀 천으로 얼굴을 가리고 있었다.

태어날 때부터 나병을 앓고 있어 그 누구에게도 얼굴을 보일 수 없었기 때문이다.

그러나 진승과는 태어났을 때부터 함께 수련하던 사이로 친형제와 다름없는 존재였다.

"앉으시죠. 차라도 내오겠습니다."

"아닙니다. 아직 일이 끝나지 않아서 바로 가 봐야 할 거 같습니다."

"그래요? 아쉽네요. 이번에 떠나면 오래 못 볼 거 같아 일상적인 이야기라도 하고 싶었는데."

"무슨 일이십니까? 급하다고 들었습니다만."

"급한 일이죠."

일각 대사는 차를 마신 뒤 말했다.

"심명사에 황제의 아들이 있다고 합니다."

"심명사에 말입니까?"

"네, 애초에 황제는 심명사와 좋은 관계를 유지하고 있었으니 그럴 수 있지요. 그런데 황제가 시해당한 지금 심명사가 유일한 후계자를 데리고 있다는 건……."

진승은 표정을 굳혔다.

"우리 진혈사가 위험해지겠군요."

"그렇습니다."

만약 지금 심명사에서 수련 중인 황제의 아들이 옥좌에 오른다면 진혈사는 무사할 수 없을 것이다.

"우리는 우리가 할 수 있는 일을 해야 할 것 같습니다. 주지
스님."

일각 대사의 뜻은 명확했다.

멸문되기 전에, 멸문한다.

진승 역시 그 부분에서는 동의하는 바였다.

"무승(武僧)들을 모아야겠군요."

30년 전, 못다 한 전쟁을 끝낼 때가 되었다.

◆ ◆ ◆

원남성 어딘가의 산 중턱.

백기의 용병단이 마수를 상대하고 있었다.

"진형을 유지해! 힘들어도 내가 도와주러 갈 때까지 버텨라!"

진소은은 쓰러진 수레 뒤에 숨어 백기를 힐끗 보았다.

"언니, 이기고 있어요?"

한 소녀가 겁먹은 얼굴로 묻자 진소은이 미소를 보여 주었다.

"그럼! 괜찮아. 우리 백기 대장님이 다 처리해 줄 거야."

피난민들을 구해서 안전한 곳으로 데리고 간다.

포부는 좋았다.

반란군들이야 제국군과 싸우느라 정신이 없었으니 몰래
마을 사람들만 싹 빼내서 도망치면 되리라 생각했다.

그러나 생각지도 못한 변수가 생겼다.

'마수가 왜 이렇게 많아?'

산이 무슨 동물 반, 마수 반이다.

그나마 다행이라면 백기와 용병단의 실력이 생각 이상이었다는 것이다.

'비싸기만 한 줄 알았는데 그만한 값어치를 하네?'

잘 빠져나가면 다른 상단주들에게도 추천해 줄 만할 것 같다.

고객 만족도 최상이라고.

그렇게 생각할 때 누군가 수레를 들어 똑바로 세웠다.

"히익! 깜짝아!"

"다 끝났다. 나와."

백기였다.

그가 헛웃음을 터트리자 진소은은 민망한 듯 말을 더듬었다.

"끝났다고 말 좀 해 줘요."

"그런 것까지 일일이 말해 줘야 하나? 그보다 여기로 와 봐."

백기는 진소은을 데리고 피난민들과 멀어진 뒤 말했다.

"생각보다 마수들이 너무 많아."

"그죠? 저도 그렇게 생각하고 있었어요. 원래 이렇게 많은 게 정상은 아니죠?"

"아니지."

"그럼 우리가 재수 없는 건가요?"

"그러겠냐? 나찰이 있겠지."

나찰이라는 말에 진소은이 표정을 굳혔다.

아무리 무(武)를 모르는 평민이라도 나찰의 위험성은 아주 잘 알고 있었다.

"그럼 지금이라도 당장 왕국으로 가면……."

"아니, 그건 안 될 거 같아."

백기가 한숨을 내쉬고는 지친 부하들을 바라봤다.

"피로가 누적되고 있어. 무엇보다 아직은 약한 마수들이 나오고 있지만 언제 마물(魔物)이 등장할지 몰라. 아니, 마물이면 다행이지. 나찰이 나오면 전멸이야. 왕국으로 돌아가기에는 이미 너무 멀리 와 버렸어."

"그럼 지금이라도 제국군에 합류할까요?"

"그것도 나쁘진 않지. 운이 좋아서 착한 제국군을 만나면 마을 사람들도 안전해지고 너도 왕국으로 돌아갈 수 있을 테니까. 하지만 운이 나쁘면 있는 식량도 다 뺏기고 마을 사람들은 강제 징용되거나 노동력을 착취당하겠지."

"설마 그렇게 하겠어요?"

"전쟁을 우습게 보지 마."

백기는 정색했다.

"제국군이 밀리고 있는 형세야. 군량이든, 무기든, 심지어 우리 용병단도 탐이 날 수밖에 없지."

진소은은 마른침을 삼켰다.

"그럼 방법이 없나요?"

"있어."

백기는 머리를 긁적이다 반대편의 산맥을 가리켰다.

"저기에 심명사(心明寺)가 있다. 현 심명사의 방주는 정의롭고 약자를 위해 싸운다고 하더군. 일단 피난민들을 거기까지만 데리고 가서 맡기면 내가 너는 왕국까지 호위해 줄게."

진소은은 심명사가 있는 방향으로 고개를 돌렸다. 백기의 말대로 방법은 그것뿐인 것만 같았다.

"좋아요. 그렇게 하죠."

심명사(心明寺).

모두가 각자의 이유를 가지고 그곳으로 향했다.

◆ ◈ ◆

제국의 한 숲.

우리 광명대는 계명의 잔도를 넘어 요령성을 통해 막내 왕자가 있는 원남성으로 향하는 중이었다.

일단 내가 정한 설정은 제국을 돌아다니는 부랑자 집단이었다.

상단으로 위장하기에는 짐이 너무 없었고, 그렇다고 용병단으로 하기에는 주변에서 경계할 것이 뻔하기 때문이었다.

현 제국에는 우리처럼 칼 하나 차고 살기 위해 방랑하는 자들이 많으니 위장하기도 쉽고 의심도 받지 않을 수 있었다.

그렇게 원남성의 초입까지 온 나는 야영을 준비했다.

"여기서 쉬고 가자. 밥 준비하고. 상혁이가 망을 봐 줘."

내 말에 상혁이가 바로 망을 보러 떠나고 지율이와 아린이역시 분주하게 밥 준비를 시작했다.

그러나 움직인 것은 그 세 사람뿐이었다.

수레에 쭈그려 앉아 있던 민주는 걱정스러운 얼굴로 입을열었다.

"진짜 여옥비 씨 안 보고 가는 거야?"

"어쩔 수 없지. 괜히 정체가 드러날 만한 행동은 하지 말자고."

나도 맘 같아서는 보고 가고 싶었으나 내 정체가 드러날 만한 짓은 조금이라도 하기 싫었다.

요령성에 어떤 세작이 있을 줄 알고 거길 들어가겠는가?

"여옥비 씨는 일 다 끝나고 보고 가면 되니까 걱정하지 마."

"아……, 그렇구나."

민주는 말끝을 흐렸다.

그러자 옆에 있던 이준이가 말했다.

"민주 선배가 원하는 건 성주님을 보는 게 아닌 거 같은데요?"

"그럼 뭔데?"

"지원 좀 받자고요."

수레에 타고 오던 이준이는 고개를 돌려 내가 가져온 짐을바라봤다.

"준비해 온 식량이 다 떨어졌습니다. 밥 지을 재료가 없는데 우리 지율 선배는 어딜 갔는지 모르겠네요."

"……없진 않아. 죽 정도는 끓일 수 있다고."

"그게 없는 겁니다. 아, 우리 대장님 어떨 때 보면 백전노장 같은데 어떨 때는 인간미가 있으셔."

"……."

제국은 넓다. 그것도 아주 더럽게 넓다.

요령에서 원남까지 대로를 이용하지 않고 오다 보니 생각보다도 일정이 길어졌다.

그것뿐인가?

"너희가 너무 많이 먹은 거야. 내 계산은 정확했다고."

나는 은밀하게 움직이기 위해 짐을 최소화했다. 최소한이라는 기준은 회귀 전 피난민 시절이었다.

문제는 피난민 시절에는 이미 위가 쪼그라들 대로 쪼그라들어 다들 많이 먹지 못했다는 것이다.

하지만 지금은 이준이를 제외하면 다 초절정 이상의 고수들이었다.

먹는 양이 엄청나다는 소리지.

그 탓에 내가 가져온 식량은 목적지에 도착하기도 전에 바닥나 버렸다.

"우리 생존 훈련 같은 거 안 했나? 무슨 밥을 걸신들린 것처럼 먹냐?"

"우우우! 추하다."

"우우우!"

이준이와 민주, 그리고 김채아 선인까지 엄지손가락을 밑으로 내리며 야유했다.

저 선인은 왜 저 두 사람과 어울리고 있는 것일까?

도대체 나이는 어디로 먹은 거야?

그때였다.

"거기 막내 셋!"

아린이가 버럭 소리를 질렀다.

역시 내 편은 아린이밖에 없다.

"나? 나 왜 막내야?"

민주가 억울하다는 듯이 말했으나 아린이는 아랑곳하지 않았다.

"빨리빨리 안 움직여? 서하가 밥 준비하라고 했잖아."

"준비할 게 없는데?"

김채아 선인이 비아냥거리자 아린이가 표정을 굳혔다.

살기 때문에 내가 다 긴장될 정도다.

"준비할 게 왜 없어?"

아린이가 한 곳을 가리키자, 모두가 시선을 돌렸다.

멧돼지 마수 두 마리를 질질 끌고 오는 지율이가 보였다.

"명령대로 마수를 잡아 왔어. 서하야."

"명령?"

"응, 밥 준비하라며."

내가 그런 명령을 내렸다고?

난 꿀꿀이 죽 먹자고 하려고 한 건데.

그러자 지율이가 말했다.

"아린이가 알려 줬어. 이 근처에 마수들이 많다고. 네가 이곳을 야영 장소로 잡고 밥을 준비하라고 한 것은 마수들로 배를 채우자는 뜻이잖아."

"······."

"역시. 네 생각은 따라갈 수가 없다니까."

그랬구나.

내 생각이 그랬던 거였어.

나도 몰랐네.

"하하하! 그래, 자급자족할 생각이었어. 자연이 나의 텃밭인데 걱정할 것이 있나?"

좋은 게 좋은 거라고 지율이가 착각하게 놔두도록 하자.

그러자 아린이가 의기양양하게 막내 셋을 돌아보며 말했다.

"봤지? 서하의 계획은 완벽하니까 쓸데없는 생각 말고 밥 준비나 해."

"······네. 불 지피겠습니다."

아린이랑 지율이가 저렇게까지 말하니 뭔가 더 민망하다.

모르는 애들이었으면 먹는다고밖에는 생각이 들지 않을 정도니까.

그렇게 내 앞을 지나가던 정이준이 작게 중얼거렸다.

"우우우. 추하다."

14

"그러다 맞으면 안 아프냐?"

"도망가면 되지요!"

상혁이가 왜 볼 때마다 이준이를 패고 있는지 알 것만 같다.

그렇게 불을 붙이고 손질한 고기를 굽기 시작할 때였다.

망을 보던 상혁이가 급하게 날아와 내 앞에 착지했다.

"산적이야. 규모는 작은데 어떻게 할까?"

"잘됐네."

안 그래도 불을 지피면 나올 수도 있다고 생각하고 있었다.

아니, 정확히 말해 슬슬 나와 줬으면 했다.

"슬슬 현지 안내인이 필요했거든."

고분고분한 녀석들이면 좋겠는데 말이다.

이윽고 한 남자가 숲속에서 걸어 나오며 말했다.

"이거 횡재했구먼. 여자들도 많고."

실실 웃으며 산적 두목으로 보이는 남자는 내공을 담아 외쳤다.

"모두 동작 그만! 무기를 내려놓고 앞으로 엎드려!"

자기 딴에는 박력 넘치게 말하는 것이었지만 담은 내공이 너무나도 형편없다.

오죽하면 이준이조차 전혀 겁을 먹지 않을까?

"쩝쩝."

난 아무 말 없이 꼬치를 먹으며 산적 두목을 바라봤다.

요령에서도 본 적이 있는 제국군 갑옷.

아무래도 탈영병인 것만 같았다.

그렇게 아무 말 없이 우리 모두 식사에 열중하자 다른 산적이 있는 힘껏 우리의 수레를 걷어차며 말했다.

"이 새끼들이! 당장 엎드리라는 말 안 들리냐!"

그와 동시에 수레를 가리고 있던 천이 흘러내리고 내용물이 공개되었다.

"대, 대장님. 저, 저거……."

산적 두목 바로 옆에 있던 놈이 수레를 가리키며 벌벌 떨었다.

떨 수밖에 없겠지.

우리 수레에는 마수의 머리가 떡 하니 올려져 있었으니 말이다.

"쌍치환(雙齒獂)입니다!"

거대한 어금니 두 개를 가지고 있는 멧돼지라고 해서 쌍치환이었다.

중, 상급 무사들은 결코 방심할 수 없는 강한 마수.

초절정 완숙 경지에 다다른 지율이야 혼자 두 마리를 잡아왔지만 말이다.

"그, 그러면 지금 먹고 있는 것이……."

그와 동시에 아린이가 장작 하나를 손으로 잡아 산적 두목을 향해 던졌다.

퍽! 하는 소리와 함께 산적 두목의 머리가 날아갔다.

"히이이이익!"

모두가 얼어 있는 사이 눈치 빠른 한 놈이 도망치는 것이 보였다.

"상혁아. 지금 도망간 놈 생포해 와라."

"이거 다 먹고 갔다 올게."

"그래도 되겠네."

상혁이 입장에서는 뛰어 봤자 벼룩이니 말이다.

그렇게 상혁이가 꼬치구이를 음미할 때 김채아와 지율이가 일어나 산적들을 처리했다.

산적들이 전멸할 때 즈음 상혁이가 도망친 산적 놈을 잡아 왔다.

앳된 얼굴과 미약한 기운으로 보아 이제 막 임관한 하급 무사인 것만 같았다.

나는 최대한 살갑게 그를 맞이해 주었다.

"그래. 몇 가지 묻고 싶어서 말이야. 원남성 상황에 대해서는 잘 아나?"

"저, 저, 저, 저, 저……."

맛이 가 버렸다.

하긴, 주변이 온통 동료의 시체이니 이런 반응도 이해가 간다.

이럴 때일수록 더 친절하고 나긋나긋한 말투를 유지해야만 한다.

"겁먹을 필요 없어. 내가 현지 상황을 잘 몰라서 안내인이 좀 필요하거든. 가치가 있다면 죽이진 않을 거야."

"저, 정말입니까?"

"그래, 네가 눈치 빠른 놈 같아서 살려 둔 거거든. 하지만 별 도움이 안 되면 굳이 입 하나를 늘릴 필요가 있나 싶어."

"아닙니다! 제가 원남성 토박이라 아주 잘 압니다!"

드디어 입이 좀 열린다.

"좋아. 그럼 일단 원남성 상황에 대해 말해 줄래?"

"사, 상황은 좋지 않습니다. 반란군과 함께 마수들이 날뛰어 고전 중입니다. 거기다 반란군들의 약탈 때문에 보급에도 문제가 심하고……."

탈영병의 존재를 알았을 때부터 예상은 했다만 생각보다 상황이 많이 안 좋은 듯싶었다.

'그럼 안 되는데.'

원남성 제국군이 굳건하게 버티고 있어야 일이 쉬운데 말이다.

"그러면 심명사는? 거기는 안전한가?"

"심명사 말입니까?"

심명사(心明寺).

현재 황제의 마지막 핏줄이 있는 절이다.

"주, 주제넘은 말이지만 심명사는 가시면 안 됩니다. 직접 본 것은 아니지만 그곳 역시 진혈사와 전쟁이 시작되어 매일같이 피바람이 불고 있다고 합니다."

"……그래?"

진혈사(眞血寺).

들어 본 적이 있다.

황제가 죽고 제국이 몰락할 당시 가장 큰 세력을 형성했던
사찰이었다.

특유의 고지식함과 잔혹함은 공포의 대상이었지. 심명사
가 그놈들과 전쟁을 벌이고 있다면 언제 무너져도 이상하지
않다.

'서둘러야겠네.'

생각보다도 상황이 심각해 보였다.

"그래, 알고 싶은 건 다 알았어. 가 봐."

"네?"

"살려 줄 테니까 가 보라고."

"저, 그게 혼자서 가기에는 많이 위험해서……."

"위험해서 어쩌라고? 그럼 내가 보내 줄까? 안전하게 삼도
천까지 데려다줄 수 있는데."

"아, 아닙니다! 감사합니다!"

이유야 어찌 됐든 남을 약탈해 살아남은 녀석이다. 지 혼
자 살아남는 건 몰라도 굳이 지켜 줄 이유는 없겠지.

산적 놈이 시야에서 사라지고 나는 친구들에게 말했다.

"들었지? 우리의 목적지가 지금 전쟁 중이란다."

내 다음 말을 예상한 친구들의 표정이 굳었다.

"뒤떨어지면 밥 없다."

강행군 시작이었다.

◆ ◆ ◆

심명사(心明寺).

혜각산(慧覺山) 꼭대기에 지어진 절은 궁전과도 같은 화려
함을 자랑했다.

붉은빛의 누각들이 즐비하고 거대한 일주문(一炷門)에는
심명사라는 세 글자가 위풍당당하게 적혀 있다.

그리고 그 천혜의 경관 앞에서 이준이는 자신의 속을 다 보
여 주고 있었다.

"더는 못 달려. 우웩."

"너도 고생이다. 고생이야."

김채아가 동병상련을 느끼는지 안타까운 얼굴로 이준이의
등을 쳐 주고 있다.

"힘들긴 했어."

상혁이 역시 긴장을 풀며 돌에 앉았다.

여기까지 오면서 만난 반란군 무리가 다섯, 마수 무리가 여
덟이었다.

그나마 마수들은 아린이가 조종해 물러가게 만들었으나
반란군들은 그럴 수가 없었다.

게다가 마을이란 마을은 전부 진혈사 승려들과 반란군에

게 약탈당해 편히 쉴 수조차 없었다.

"그래도 제때 도착했네."

심명사마저 불타 있으면 어쩌나 했는데 아직은 멀쩡한 모양이었다.

"그럼……."

빨리 들어가서 쉬자.

나는 심명사의 입구를 두드렸다.

"실례합니다!"

크게 외치자 스님들이 우르르 몰려나왔다.

예상치 못한 격한 환영이었다.

모두들 봉을 하나씩 들고 있는 것이 손님을 맞이하는 게 아니라 쫓아내려는 것 같지만 말이다.

"어디서 온 누구냐?"

말에 날이 서 있다.

여기까지 왔다면 이제 신분을 숨길 필요가 없다.

"왕국의 재신 이서하라고 합니다. 급히 심명사에 알릴 것이 있어서 왔습니다. 방장님을 뵐 수 있겠습니까?"

"재신(才臣)?"

스님은 나를 위아래로 훑어보더니 봉을 고쳐 잡았다.

"여기가 어디라고 그런 거짓을 고하는가?"

거짓말이라니.

난 호패를 꺼내 주며 말했다.

"거짓이 아닙니다."

하지만 스님은 호패도 확인하지 않고 말했다.

"이딴 건 어디서든 만들 수 있다. 말해 봐라. 어떤 영문으로 왕국의 재신이 그런 꼬락서니로 제국에 왔는지."

이래서 옷이 중요하다. 오기 전에 좀 갈아입을 걸 그랬나?

심명사의 스님들이라면 옷으로 사람을 판단하지는 않을 거라고 생각한 내 잘못이다.

'호패도 소용없다면…….'

나는 마지막 수를 사용하기로 했다.

바로 요령성주 여옥비가 준 옥패(玉佩)였다.

"요령성 반란군을 진압하고 여옥비 성주님에게 받은 옥패입니다. 확인해 보시죠."

아무리 속세와 떨어져 살고 있더라도 요령성 반란군 진압을 왕국군이 도왔다는 것쯤은 알고 있겠지.

그렇게 옥패를 확인한 스님은 의심의 눈초리로 나를 바라보다 고개를 끄덕였다.

"좋소. 하지만 한 번 더 확인 과정을 거쳐도 되겠소?"

"괜찮습니다."

거짓이 아닌데 무엇이 두려우랴.

그렇게 잠시 기다리고 있을 때였다.

"정말요? 우와? 진짜로요?"

한 여자가 호들갑을 떨며 나오는 것이 보였다.

이윽고 그녀가 내 앞으로 달려오는 순간.

내 모든 사고가 멈추었다.

"정말 이서하 선인님이네? 왕국 제일검! 우와 어떡해!"

언제나처럼 활기찬 목소리.

그때처럼 따뜻한 눈빛.

그리고 그 누구에게도 차별 없이 지어 주던 환한 미소.

"이분 이서하 선인님 맞아요! 잠시 수도에 있을 때 개선식 봤거든요. 우와. 여기서 뵐 줄은 몰랐는데."

나 또한 몰랐다.

"소은아……."

내 아내를 여기서 보게 될 줄은.

◆ ◈ ◆

"소은아……."

나도 모르게 중얼거린 말에 소은이가 눈을 동그랗게 뜨고 돌아본다.

"네? 저를 아세요?"

"아, 아뇨."

"방금 소은이라고 하셨는데."

"아, 그게 소음인이신가 해서……."

"에이, 그게 뭐예요."

내가 뭔 소리를 하는 건지도 모르겠다.

내 시답잖은 소리에 깔깔 웃던 소은이는 스님들에게 다가
가 대화를 나누기 시작했다.

'후우. 당황했네.'

진소은.

그녀를 처음 만난 것은 제국으로 피난을 왔을 때였다.

당시 내가 많은 일을 겪으며 피폐해진 거지꼴이었던 것과
달리, 소은이는 나름 탄탄한 상단 가문의 여식으로 제국에서
도 자리를 잡고 있었다.

'그때도 이렇게 환영해 주었지.'

가는 곳마다 사람이 죽었고 나는 언제나 도망치기에 급급
했다.

그런 내 모습에 자기혐오에 빠져 완전히 무너진 상태였다.

또 동료를 잃을 거라는 생각에 모든 것을 포기하고 홀로 지
내던 나날들.

그런 나를 진소은이 구원해 주었다.

솔직히 구원이라고 하더라도 별일이 있었던 건 아니었다.

어디 불편한 건 없냐는 둥 밥은 먹었냐는 둥 물어봐 주는
것이 전부.

'그것만으로도 충분했지.'

딱히 나에게 관심이 있어 그렇게 대해 준 것은 아니었다.

모두를 차별 없이 대하는 여자였으니까.

그녀 딴에는 큰 호의를 가지고 한 행동이 아니었으나 무너져 내리던 나에게는 큰 위로로 다가왔었다.

그렇게 과거를 회상하고 있을 때 상혁이가 다가왔다.

"야, 뭐냐 너. 저 여자 알아?"

"왜?"

"아니, 눈빛이 예사롭지 않아서. 설마 첫눈에 반하고 그런 건 아니지?"

"반했었지."

"뭐?"

"아니야. 아무것도."

"네 취향이야 자유겠지만, 말조심해라."

상혁이는 나에게 어깨동무를 한 뒤 속삭였다.

"아린이 표정 안 좋다."

상혁이의 말에 난 슬쩍 아린이를 바라봤다.

소은이를 노려보는 눈이 뭔가 매섭다.

하지만 상혁이가 걱정하는 일은 결코 일어나지 않을 것이다.

"쓸데없는 걱정 마라."

딱히 소은이와 다시 이어지고 싶은 마음은 없다.

한번 나로 인해 불행해진 사람을 또 불행하게 만들 수는 없지 않은가.

나랑 결혼해 봐라.

남편이 집에는 없지.

맨날 전쟁터 나가서 죽었느니 살았느니 같은 말이나 나오지.

아우, 나 같아도 나랑 결혼 안 해.

그렇게 생각할 때 스님이 앞으로 걸어왔다.

"신분은 확인되었습니다. 무례하게 군 것을 사과드립니다."

"아닙니다. 시국이 시국인 만큼 확실히 해야죠."

"그런데 왕국의 재신님이 이곳까지 무슨 일이십니까?"

시간이 없으니 바로 본론으로 들어가자.

"방장님께 말씀드릴 것이 있습니다. 지금 안에 계십니까?"

"네, 잠시 여쭤보고 오겠습니다. 일단 안으로 들어오시죠."

나는 스님을 따라 절 안으로 들어갔다.

"이야, 무슨 절이 왕궁보다 크네요?"

이준이는 마치 여행객처럼 심명사를 바라봤다.

감탄스러운 것은 나도 마찬가지였다.

봄이 찾아와 흩날리는 분홍, 보라, 그리고 하얀 꽃잎들.

그 사이에 그림처럼 자리 잡은 사찰들은 성스러움 그 자체였다.

재신의 신분이 아니었다면 이준이처럼 입을 벌리고 주변을 구경하고 있었을지도 모르지.

'회귀 전에도 와 본 적이 없는 곳이니까.'

올 여유가 없었다는 말이 더 어울릴 것이다.

황제가 죽고 난세가 시작되면서 여기저기 이주해 다니느라 바빴으니 말이다.

그러던 중 심명사가 망했다는 말만 풍문으로 들었었다.

'새로운 경험은 또 오랜만이네.'

그렇게 생각할 때였다.

"우와, 진짜 이서하 선인님을 내가 이렇게 옆에서 보게 될 줄이야."

소은이는 날 구경하는 게 더 재밌는 모양이다.

나는 장난기가 돋아 물었다.

"옆에서 보니 어떻습니까?"

"너무 잘생기셨어요. 완전 멋있으세요."

양손의 엄지를 들어 보이는 소은이.

참고로 회귀 전에는 이런 말을 했었다.

- 에이, 솔직히 잘생긴 건 아니다. 매력적이라고 해 둘게요.

첫 만남부터 마지막 순간까지 잘생겼다는 말 한마디를 안 해 주던 그녀였다.

역시 자리가 남자를 만드는 것일까?

어이가 없기도 하고 상황이 재밌기도 하고.

그렇게 웃고 있을 때였다.

아린이가 내 팔짱을 끼며 사이에 파고들었다.

"사람 볼 줄 아시네요."

뭔가 미소가 다른 여자를 대할 때와는 또 다르다. 내가 어떤 여자랑 있든 별로 신경을 안 쓰던 애가 왜 이러는지 잘 모르겠다.

아니, 솔직히 말하면 알 것만 같다.

표정 관리를 제대로 못 했겠지.

그렇게 갑자기 껴든 아린이를 가만히 보던 소은이는 멍하니 굳어 있다 소리를 질렀다.

"꺄악! 어떻게 사람이 이렇게 예뻐요?"

순수한 감탄.

아린이마저 놀랄 정도로 적나라한 반응이었다.

"그럼 아니죠? 살아 있는 거 맞죠? 진짜 멀리서도 빛이 나셨는데 가까이서는 와……."

소은이는 할 말을 잊고 고개를 흔들었다.

"역시 이서하 선인님이 반할 만하네요."

"제가요?"

나 안 반했는데.

반할 뻔한 적은 많았지만.

아니, 솔직히 방금도 박력 있는 팔짱 끼기에 심장이 아직도 나대고 있지만 반한 건 아니다.

오히려 그 반대지.

"……좋은 사람."

하지만 아린이는 만족했나 보다.

아린이는 경계심을 풀며 소은이의 손을 잡았다.

"친하게 지내죠."

"꺄악! 어떡해! 손도 너무 부드러워. 친하게 지내 주시면 저야 영광이죠. 어떡해? 나 여자한테 반할 거 같아."

"……."

이미 나는 안중 밖인 것만 같다.

"크흠, 그나저나 그쪽 이름은……."

"아! 제 소개가 늦었네요. 저는 진가상단의 진소은이라고 해요."

"소은 씨는 이곳 심명사에 어쩐 일로 오셨습니까?"

"아, 그게 설명하자면 긴데……."

반란군으로 고통받는 사람들을 탈출시키려다 길이 막혀 심명사에 의탁했다.

지극히 소은이다운 대답이었다.

"용병 대장님이 그래도 훌륭한 분이라 여기까지 올 수 있었어요."

"그건 다행이네요."

상황을 딱 보니 황자를 데리고 요령으로 향할 때 소은이도 데리고 가야 할 것만 같았다.

심명사에 두고 갔다가 무슨 화를 당할지 모르니 말이다.

피난민을 데리고 이곳 심명사까지 무사히 올 정도의 실력을 갖춘 용병단이라면 적어도 짐이 되지는 않겠지.

"그럼 왕국으로 돌아갈 때 같이 가시죠."

"정말요? 그래도 괜찮아요? 안 그래도 어떻게 빠져나갈까 고민이 많았는데……."

"대신 피난민들은 데리고 갈 수 없습니다."

그러자 진소은이 표정을 굳혔다.

하지만 어쩌겠는가?

황자를 호위하면서 동시에 피난민들까지 다 데리고 가겠다고?

말도 안 되지.

모든 것을 지키려다 전부를 잃는 경험은 한 번으로 충분하다.

"잘 생각해 보세요."

그때 마침 문이 열리며 한 스님이 안으로 들어왔다.

"이서하 님. 방장님께서 준비가 되셨다고 하십니다."

딱 좋은 시기에 와 주었다.

나는 말없이 자리에서 일어나 방장님에게로 향했다.

사찰 안쪽으로 산을 오르기를 한참.

절벽을 깎아 만든 거대한 불상 앞에는 젊은 스님이 앉아 있었다.

아무리 많게 봐도 30대 초반 정도밖에 안 되어 보이는 나이. 방장이라고 하길래 나이가 많을 줄 알았는데 꽤 젊은 사람이다.

"손님 모시고 왔습니다."

"네, 수고하셨습니다."

방장 스님은 나를 돌아보고는 미소를 지었다.

"먼 길 오시느라 고생 많으셨습니다. 심명사의 방장, 신정 (信正)이라고 합니다."

"이서하입니다."

"옆에 앉으시겠습니까?"

나는 방장 스님의 옆으로 가 앉았다.

뭔가 불상 앞에 앉으니 묘한 긴장감이 돌기 시작했다.

"심명사까지는 어떤 일로 오셨습니까?"

바로 본론으로 들어가자.

"마지막 황자를 보호하기 위해 왔습니다."

"……."

방장 스님은 아무런 표정 변화 없이 침묵했다. 다짜고짜 왕국 놈이 와서 황자를 보호하겠다고 하니 당황스럽기는 할 것이다.

게다가 황제에게 직접 보호를 부탁받은 사람이라면 신중해질 수밖에 없겠지.

"압니다. 왕국 사람이 황자를 보호하겠다고 하면 이해가 되지 않겠죠. 하지만 이는 제국 사람들을 위한 일입니다."

난세가 계속되면 고통받는 건 일반 백성들뿐이니 말이다.

"황자 저하를 요령까지 모신 뒤 제후들을 규합할 생각입니다. 그렇게 거대한 세력을 만들어 다시 제국을 일으킨다면 빠르게 난세를 수습할 수 있을 겁니다."

내 계획을 들은 신정 스님은 옅은 미소와 함께 나를 돌아봤다.

"손님의 의도가 나쁘지 않음은 알고 있으니 걱정하실 거 없습니다."

다행히 방장 스님이 날 나쁘게 보지는 않은 것만 같다.

"황자 저하가 여기 있다는 걸 아는 사람이 또 있습니까?"

"아뇨, 없습니다."

신유민 전하나 백성엽 장군은 알고 있지만, 굳이 그 사실을 말할 필요는 없겠지.

"하지만 곧 나찰들이 알게 될 것입니다. 그 전에 빠르게 움직여야 합니다. 될 수 있다면 바로 오늘이라도."

방장 스님은 염주를 하나씩 돌리다 고개를 끄덕였다.

"안 그래도 진혈사의 무승들이 점점 다가오고 있다고 합니다. 어찌 된 영문인지 전력 차가 매우 심하다고 하더군요. 손님의 말씀대로 황자 저하를 더 안전한 곳으로 모셔야 할 것만 같습니다. 그럼 다 같이 움직여 볼까요?"

"네, 바로 가는 것이……."

잠깐.

지금 그게 무슨 소리냐?

다 같이라니?

"방장 스님. 다 같이 갈 수는 없습니다."

"갈 수 없다는 것을 손님께서 어떻게 아십니까?"

"그건……."

말을 해야 아나.

방장 스님의 뜻도 모르는 것은 아니다.

방장으로서, 그리고 부처를 모시는 사람으로서 한 사람이라도 더 살리고 싶을 테니까.

하지만 이는 현실적이지 못하다.

피난민들은 둘째 치고 동자승부터 나이가 많은 스님들까지.

은밀하게 움직이기는커녕 속도조차 낼 수 없는 조합이 아닌가.

더군다나 회귀 전에도 심명사는 진혈사의 상대가 되지 못했다.

아무리 시기가 빨라졌고 광명대가 함께한다고 한들 모든 이들을 데리고 이동하는 건 자살행위나 다름없다.

"일단 황자 저하부터……."

"그러면 늦겠죠. 진혈사의 무승들이 이미 산 코앞까지 왔다고 합니다."

"스님. 무엇이 중요한지를 알아야 합니다."

"네. 잘 알고 있습니다. 중요한 것은 옳은 일을 하는 것입니다. 나머지는 모두 하늘이 결정해 주겠지요."

"일의 성사를 하늘에 맡기는 건 너무 무모합니다."

"그렇다고 옳지 않은 일을 할 수는 없는 법입니다. 어찌 한 사람의 목숨이 백 사람의 목숨보다 귀하단 말입니까."

"사람의 가치는 전부 다릅니다. 한 사람의 목숨이 백 사람의 목숨보다 가치 있기도 합니다."

시골 농민들의 목숨과 황자의 목숨이 결코 같을 수는 없다.

인정하기 싫다고 하더라도 그것이 인간 사회라는 것이다.

"손님은 그렇게 생각하시는군요. 하지만 부처님은 그렇게 생각하지 않으십니다."

알고 있다.

방장 스님을 설득하는 게 불가능에 가깝다는 것을.

그러나 방법은 있다.

일단 방장 스님에게 동의하는 척 황자 저하를 소개받은 뒤 몰래 그를 설득해 요령으로 떠나는 것이다.

좀 치사하지만 어쩌겠는가?

제국의, 아니 인류의 운명을 하늘에 맡길 수는 없지.

"……좋습니다. 어쩔 수 없네요. 방장 스님 말대로 하겠습니다."

"소승의 억지를 받아 주셔서 감사합니다."

"하지만 적습을 대비해 황자 저하가 누구인지는 알 필요가 있습니다. 황자 저하를 소개해 주실 수 있겠습니까?"

"그럼요."

방장 스님은 미소와 함께 나를 빤히 바라봤다.

그렇게 서로를 바라보기를 한참.

내 머릿속에 말도 안 되는 가설이 스쳐 지나갔다.

"저 황자 저하는……."

"지금 보고 계십니다."

"……."

왜 불길한 예감은 항상 틀리지를 않을까?

방장 스님은 내 생각을 알고 있다는 듯 인자한 미소를 지었다.

"제가 손님이 찾으시는 제국의 황자입니다."

방장 스님의 말씀과 함께 나는 부처상을 돌아보았다.

부처님이 나를 내려다보며 이렇게 말하는 것만 같았다.

너의 운명을 받아들이라고 말이다.

Chapter 99.

심명사 대탈출 작전은 바로 실행되었다.

방장님의 지휘로 모든 승려들이 최소한의 짐을 꾸렸으며 피난민들 역시 바로 떠날 채비를 했다.

소은이는 아주 행복에 겨워 하늘을 날아다니고 있었다.

"역시 우리 선인님! 말은 그렇게 해도 속은 따뜻한 분이라는 걸 알고 있었습니다."

"⋯⋯그래요?"

"그럼요! 약한 자들을 절대 외면할 분이 아니라고 믿어 의심치 않았습니다. 이서하 선인님 만세!"

소은이의 인위적 찬양을 들으며 나는 방장, 아니 황자에게로 시선을 돌렸다.

그는 미소를 지어 보인 채 동자승들에게 내 찬양을 이어 갔다.

"걱정하지 않아도 된단다. 왕국 최고의 고수가 우리를 지켜 준다고 하는구나."

심지어 황자는 모든 탈출 계획이 내 주도하에 마련되어졌다고 발표했다.

저 인간, 생각보다도 고단수다.

모든 공을 나에게 돌림으로써 빼도 박도 못하게 만들어 버렸으니 말이다.

"어떻게 된 겁니까? 우리 대장님이 무모하긴 해도 멍청한 사람은 아니었는데 말입니다."

소식을 전해 들은 이준이의 반응이었다.

"어쩌겠냐? 안 그럼 황자님이 안 따라가겠다는데."

"황자님이 누군데요?"

나는 이준이를 슬쩍 바라봤다.

"너."

이준이가 당황해하며 너스레를 떨었다.

"……제가 모르는 저의 출생의 비밀이라도 있었습니까? 이거 놀랄 노 자군요."

"맞아. 네가 사실 황제의 아들이라고 하더라."

내가 진지하게 말하자 이준이가 표정을 굳혔다.

"아무리 대장님이라도 저한테 그럴 수는……."

"김채아 선인. 이 자식 끌고 가서 옷 갈아입혀."

"가자. 대장님이 시키면 해야지."

"잠깐만요! 왜 접니까? 왜요!"

발악해 봤자 이준이가 김채아 선인의 완력을 이길 수는 없다.

이준이에게는 미안하지만 나찰이 황자를 노리고 쳐들어올 때를 대비해 미끼로 쓸 사람이 필요했다.

내가 그러했듯 나찰들 역시 설마 방장 스님이 황자라고는 상상하지 못할 테니 말이다.

'아무 일 없으면 좋겠지만.'

뭐든 대비해서 나쁠 건 없지.

그렇게 화려한 승복으로 갈아입고 나온 이준이는 불만 가득한 얼굴로 나를 노려보았다.

"그러니까 제가 미끼라는 거군요."

"그렇지. 이해가 빨라서 좋네."

"머리도 밀어야 합니까?"

"아니, 아니. 보통 황자가 절에 왔다고 머리를 밀지는 않을 거 아니야. 스님이 될 것도 아닌데."

현실은 방장 스님이 되어 버렸지만 말이다.

"넌 그냥 전형적인 황자를 연기하면 돼."

"근데 왜 제가 미끼입니까? 상혁 선배도 있고, 지율 선배도 있지 않습니까? 누가 봐도 가장 위험한 역할인데."

"쟤들은 호위를 서야지. 저 정도 전력이 마차에 가만히 앉아 있을 수는 없잖아. 아니면 네가 싸울래?"

"⋯⋯황자 하죠. 하면 될 거 아닙니까."

자기 운명을 수용하는 이준이였다.

"선배들 믿어. 요령까지 아주 편하게 모시고 가 줄 테니까."

"하아."

이준이는 한숨을 내쉬고는 불만족스럽게 옷을 내려다보았다.

딱 봐도 나 황자요 자랑하듯 화려한 옷.

그렇게 한참 자신의 처지를 납득하기 위해 노력하던 녀석은⋯⋯.

"빨리빨리 준비하지 못할까! 이 망할 왕국 놈들! 이 몸이 이렇게 기다리고 있지 않은가!"

"⋯⋯."

완벽한 황자, 아니 개망나니가 되었다.

◆ ◈ ◆

심명사로 향하는 길.

진승은 신명사 휘하 사찰은 물론 그들에게 시주하는 모든 마을을 처리하며 앞으로 나아갔다.

그렇게 심명사의 코앞까지 당도했을 무렵.

진승에게 한 가지 소식이 날아들었다.

"심명사의 승려들이 절을 버리고 도망치기 시작했다고 합니다."

"절을 버렸다고?"

심명사는 천 년이 넘는 역사를 가진 사찰이었다. 산꼭대기에 지어진 부처의 왕궁은 이 나라 제일의 사찰이라고 해도 무방할 정도.

그렇기에 아무리 상황이 나빠진들 절을 버릴 것이라고는 상상치도 못했다.

하지만 새로운 방장.

신정이라면 그럴 수도 있다는 생각이 들었다.

'정말로 모든 미련을 버렸다는 것인가?'

인간은 그 무엇도 소유하지 않기에 그 무엇도 잃지 않는다.

부동심법을 익힌 신정은 이를 완벽한 진리로 여기고 있을 것이다.

그렇다면 심명사를 버리는 것도 가능했을 터.

그러나 그게 말처럼 쉬운 일일까?

천 년이 넘는 역사를 간직한 사찰을 내 시대에 버리는 것이 정말로 가능한 것인가?

정말로 인간이 그 모든 미련을 버릴 수는 있기나 할까?

같은 수도자로서 의문을 던질 수밖에 없었다.

그러나 진승은 금세 머릿속의 의문을 갈무리했다.

어찌 됐든 자신이 해야 할 일은 명확했으니 말이다.

"어디로 향하는지도 아는가?"

"방향으로 보아 요령성으로 향하는 것 같습니다."

"지금 당장 움직여야겠군."

운명의 장난인지 1년 전만 하더라도 제국에서 가장 혼란스러운 성이었던 요령은 현재 가장 안전한 성이 되었다.

이미 반란을 일으킬 만한 세력이 전부 사라졌기 때문이었다.

만약 심명사의 승려들이 요령에 무사히 들어가 몸을 의탁한다면 그때부터는 그들을 건드릴 수가 없다.

'제국군과 싸울 수는 없다.'

아무리 진혈사의 무승들이 강하다고 한들 제국군과 전면전을 펼치기에는 부담스러울 수밖에 없다.

'그 전에 끝내야겠군.'

서둘러 움직여야 할 것만 같았다.

"모두 당장 움직인다. 흩어진 조를 전부 모아라."

그때였다.

"문제가 생긴 모양이네요."

승립과 얼굴을 가린 천.

종이 달린 석장(錫杖)을 짚으며 누군가 진승에게 다가왔다.

"……여기까지 어인 일이십니까?"

진승은 화들짝 놀라며 몸을 일으켰다.

지병 때문에 진혈사를 한 번도 떠난 적이 없던 일각 대사가 나타날 줄은 상상치 못했다.

"새로운 정보를 입수해 가지고 왔습니다."

"새로운 정보라면⋯⋯."

"심명사의 방장을 움직인 것은 이서하라는 왕국의 선인이라고 합니다."

"왕국의 선인이 어째서 제국까지 왔단 말입니까?"

"글쎄요. 하지만 그가 왕국 최강의 무사라고 하더군요."

진승은 표정을 굳혔다.

왕국.

제국과 수백, 수천 번을 싸우면서도 스스로의 땅을 지켜 낸 자들이었다.

비록 북대우림, 만백, 그리고 계명과 같이 지형적 우위가 있었다고는 하나 왕국의 무사들은 결코 우습게 볼 자들이 아니었다.

그러한 왕국에서 최강의 자리에 오른 자.

그제야 진승은 일각 대사가 이곳까지 발걸음한 이유를 이해할 수 있었다.

"제 도움이 필요하지 않겠습니까?"

최강을 상대하기 위해서는 진혈사 또한 최강의 무승이 나서야 하지 않겠는가?

"그럼 준비되는 대로 알려 주십시오."

딸랑거리는 종소리.

그렇게 일각 대사 멀어지자 한 무승이 진승에게 다가와 물었다.

"주지 스님. 방장님께서 함께 가셔도 괜찮습니까? 지병이

심하시다고……."

"다들 그렇게 알고 있지."

진승은 의미심장하게 말한 뒤 되물었다.

"자네는 우리 진혈사의 방장을 어떤 방식으로 정하는지 아는가?"

"정확하게는 잘……."

"당대 최강의 무승 10명을 몰아넣고 서로 죽이게 한다."

극한의 육체를 가진 자만이 진혈사의 방장이 될 수 있다.

그렇기에 진혈사의 방장은 고독(蠱毒)과 같은 원리로 선별되었다.

아직도 잊히지 않는다.

하루 만에 홀로 9명의 무승의 목을 들고 걸어 나오던 일각대사의 모습이.

"어서 움직여라."

따라잡기만 한다면 모든 것을 끝낼 수 있을 테니까.

◆ ◈ ◆

심명사를 떠나고 하루가 지났다.

첫날은 정신없이 걷기만 했다.

은밀하기는커녕 '우리 피난 중입니다.'라고 광고하면서 이동한 탓에 하루 사이 두 번이나 습격을 받았다.

물론 심명사의 무승, 진가상단의 호위 무사, 그리고 무엇보다 우리 광명대의 상대는 되지 않았지만 말이다.

　그렇게 정신없는 첫날이 지나고 이틀째부터는 사람들도 조금씩 안정을 되찾았다.

　그리고 이틀째 점심 식사 시간.

　"어허, 이 황자는 고기가 먹고 싶다. 어서 내오지 못할까?"

　꽃가마에 탄 이준이는 건방진 자세로 앉아 희대의 갑질을 행하고 있었다.

　"저 자식 황자가 아니라 망나니가 되었는데, 어떻게 생각하나?"

　"어떻게 생각하기는. 놔둬야지."

　그래도 연기는 잘하고 있지 않은가.

　누가 봐도 권위에 취한 막장 황자라고 생각하겠지.

　그때였다.

　"어허! 어째서 짐의 호위가 저런 나이만 많은 여자란 말인가! 저 젊고 예쁜 여자로 대령하라!"

　"우와."

　상혁이가 진심으로 감탄했다.

　"진짜 미친놈이네. 저거."

　아니나 다를까, 참다못한 김채아 선인이 이준이의 머리를 잡아챘다.

　"……너 잠깐 나 좀 보자."

김채아 선인도 하루면 많이 참은 편이다.

그러게 선 넘지 말라니까.

"무엄하도다! 어디 황자의 몸에! 아니, 대장님. 살려 줘요! 난 임무에 충실했을……!"

난 김채아에게 끌려가 처맞는 이준이를 바라보다 시선을 돌렸다.

주변에 적도 없으니 지금은 맞게 내버려 두자.

그때였다.

주변이 소란스러워지며 무승들과 용병단이 한곳으로 모여 드는 것이 보였다.

"뭔 일이지?"

"글쎄다."

상혁이와 나는 동시에 육감을 발동했다.

무리의 안에서는 지율이의 기운 외에도 또 다른 거대한 기 운이 느껴졌다.

아무래도 비무가 시작된 모양이었다.

때마침 상황을 아는 민주가 달려왔다.

"들었어? 지율이랑 용병 대장이랑 비무한다던데?"

"용병 대장이랑?"

소은이가 말했던 그 실력 좋은 무사인가 보다.

지율이 성격에 먼저 비무를 신청했을 리는 없을 텐데 도대 체 무슨 일이 있었던 건지 모르겠다.

나는 인파를 헤치고 들어가 지율이에게로 향했다.

"무슨 일이냐?"

"아, 서하야. 별일 아니야."

"별일 아니긴. 사람들이 이렇게 모였는데."

난 용병 대장과 대화를 나누고 있는 소은이에게로 시선을 돌렸다.

용병 놈들이 둘러싸고 있어 뭘 하는지는 잘 보이지는 않는다.

그래서인지 뭔가 짜증 난다.

마치 전 부인이 다른 남자랑 바람나는 걸 보는 느낌이랄까?

아니야, 속 좁게 그러지 말자. 이미 지나간 인연이니까.

그보다 지율이다.

"어쩌다가 이렇게 된 거야?"

"그게……."

"지율이는 잘했어."

지율이가 머뭇거릴 때 아린이가 대신 대답해 주었다.

"저 용병단 애들이 우리를 무시했나 봐. 왕국 제일이라고 해 봤자 자기들 대장한테는 안 된다면서. 그래서 지율이가 너희 대장 같은 건 자기 선에서 정리할 수 있다고 해 줬지."

그러자 지율이가 말을 더했다.

"너를 무시하는 건 참을 수 없었다."

"그래, 그건 참아서는 안 되지."

동감한다는 듯 고개를 끄덕이는 아린이.

흔한 무사들끼리의 기 싸움이다.

그러자 옆에서 민주가 뭐라고 중얼거렸다.

"진짜 어린애도 아니고 이런 상황에서 서로 힘 빼야 해? 그냥 넘어가면 되는 거 아닌가? 그렇지, 서하야?"

"박살 내고 와라."

무사의 자존심은 세상 무엇보다 중요하다.

"이왕 이렇게 된 거 확실히 밟아 버려. 서열 정리는 확실히 해야지."

"그래, 지면 국물도 없다. 주지율. 이건 자존심이 걸린 문제야."

역시 상혁이. 뭘 아는군.

그보다 방금 민주가 뭐라고 한 거 같은데.

"뭐라고 했냐? 민주야."

"⋯⋯아무것도 아니야."

"걱정하지 마라."

지율이는 믿음직하게 일어나 앞으로 걸어 나갔다.

"광명대의 명예를 지키고 오마."

준비 운동이 끝나고 두 무사가 서로를 마주 보고 섰다.

때마침 소은이도 내 옆으로 달려왔다.

"선인님이 좀 말려 주세요. 이러다가 누가 다치기라도 하면 어떡해요?"

"남자에게는 꼭 싸워야 하는 순간이 있는 법입니다."

"이럴 수가. 대장님과 똑같은 말씀을 하실 줄이야."

"그보다 저 용병 대장 이름은 뭡니까?"

"대장님이요?"

"네."

감히 우리 광명대를 무시한 사람의 이름 좀 알자.

"아, 제가 소개를 못 해 드렸네요. 백기라는 분이세요."

"백기⋯⋯요?"

잠깐만.

창을 쓰면서 백기라는 이름을 가진 제국 무사.

내가 아는 누군가와 인적 사항이 똑같다.

에이, 설마.

그냥 이름만 똑같은 거겠지.

나는 처음으로 용병 대장의 얼굴을 자세히 살폈다.

하나로 질끈 묶은 머리. 이마에 두른 머리띠.

그리고 무엇보다 성격 안 좋아 보이는 날카로운 눈매가 잊고 지내던 과거를 떠오르게 했다.

'이 눈매 때문에 나쁜 놈으로 오해를 많이 받는단 말이야. 글쎄 수배범으로도 잡힌 적도 있다니까?'

라면서 너스레를 떨었었지.

"⋯⋯아이씨."

내가 아는 그 얼굴이 맞다.

그리고 그 순간.

구룡창법(九龍槍法), 풍뢰룡(風雷龍).

완전히 똑같은 두 초식이 맞부딪쳤다.

"......!"

놀란 듯 서로를 바라보는 백기와 지율이.

화들짝 놀라 거리를 벌린 두 사람이 동시에 외쳤다.

"네가 어떻게 그 초식을!"

야단났네.

구룡(九龍) 백기.

원작자한테 표절을 들켜 버렸다.

◆ ◈ ◆

왕국 제일검.

이서하에 대한 이야기는 제국 남부의 무사들에게 어느 정
도 퍼져 있었다.

제국에서도 초고수로 위명을 떨치는 진명과 싸워 이긴 20
대의 청년.

무신의 손자이며 약관의 나이에 현 왕국 최고의 권력자가
된 무사.

이미 전설이 되었다 해도 무방할 존재가 바로 옆에 있는데
가만히 있으면 무인이라고 할 수 없지 않은가?

그렇기에 주지율의 도발을 받아들였다.

광명대의 실력을 알아보고도 싶었고 하나하나 상대하다 보면 언젠가 이서하와 한판 붙을 수 있을 거라는 생각이 있었기 때문이었다.

그러나 그 모든 생각은 주지율과의 첫 합부터 산산이 깨져 버렸다.

구룡창법, 제1식, 풍뢰룡(風雷龍).

완전히 똑같은 초식.

백기는 있을 수 없는 사실에 아연실색하며 뒤로 물러났다.

"네가 어떻게 그 초식을!"

구룡창법(九龍槍法).

이는 수많은 창법을 직접 보고 배우면서 백기 스스로가 창안한 무공이었다.

이를 완벽하게 따라 한다는 건 있을 수 없는 일. 그러나 당황한 것은 상대도 마찬가지.

주지율은 자신과 같은 표정으로 누군가를 바라보고 있었다.

그렇게 주지율을 따라 시선을 옮긴 곳에.

이서하가 서 있었다.

"이서하……."

그가 모든 것을 알고 있을 거라는 확신이 들었다.

◆ ◆ ◆

망했다.

백기의 살기가 피부로 느껴졌다.

나 같아도 이성을 잃을 것이다.

평생을 바쳐 만든 자랑스러운 무공을 누군가 도용해 쓰고 있었다는 걸 알면 눈이 돌아가겠지.

'어떡하지?'

죽는 순간에도 자기 무공을 지켜 달라며 나에게 비급을 건넨 놈이다.

절대로 그냥 넘어가지는 않을 터.

아니나 다를까.

백기는 귀신 같은 얼굴로 나에게 다가오며 말했다.

"어떻게 그쪽 부하가 내 무공을 익히고 있는 겁니까?"

그게 말입니다.

제가 표절했습니다.

이렇게 말할 수는 없다.

뭐라고 핑계를 대야 할지 모르겠다.

도대체 어떻게 해야 이 상황을 빠져나갈 수 있을까?

그때였다.

"잠깐. 그 말은 듣기 거북한데?"

지율이가 나와 백기 사이를 가로막았다.

"반대로 내가 묻지. 네가 어떻게 서하가 만든 무공을 익히고 있는 거지?"

잠깐만.

"응?"

"뭐?"

내가 만든 무공?

나도 모르게 지율이에게 반문해 버렸다.

지율이는 다 알고 있었다는 듯 나를 돌아봤다.

"물론 넌 어딘가에서 발견한 무공 비급이라고 했지만 그건 누가 봐도 네 손글씨로 기록한 비급이었잖아. 알고 있었어. 네가 날 위해 직접 만든 무공이라는 걸."

자신만만한 얼굴로 틀린 말만 쏙쏙 골라 하는 지율이었다.

백기는 이해할 수 없다는 듯 나를 바라봤다.

"그러니까 검을 쓰는 그쪽이 내가 만든 것과 똑같은 창법까지 창안했다? 그게 말이 됩니까!"

분노를 이기지 못하고 소리를 지르는 백기.

그러나 지율이는 표정 하나 바꾸지 않고 말을 이어 갔다.

"서하는 모든 무기의 달인이다. 창술뿐만이 아니라 궁술까지 섭렵하고 있지."

"맞아!"

궁술 얘기가 나오자 기다렸다는 듯이 민주가 튀어나왔다.

"나한테 궁술을 알려 준 것도 서하야. 그때도 직접 손글씨로 비급을 작성해 줬었고."

그것도 표절이야.

민주와 지율이가 진지하게 말하자 백기도 조금은 흥분을 가라앉혔다.

"……그게 사실입니까?"

나는 아무 말도 할 수 없다.

여기서 사실이라고 말하면 정말 나 스스로를 용서할 수 없을 것만 같았기 때문이다.

그렇다고 인제 와서 전부 사실대로 말할 수도 없으니 그저 침묵으로 일관할 뿐.

백기는 한참 동안 나를 노려보다 감정을 죽이며 말을 이어 갔다.

"그래도 이해할 수 없습니다. 아무리 그래도 완전히 같은 초식을 만들어 낼 수는 없을 터. 진짜로 내 창술을 본 적도, 들은 적도 없습니까?"

"……."

유구무언(有口無言)이다.

백기와 어느 정도 비슷한 수준이라면 모를까, 발을 디디는 것부터 창을 내지르는 자세까지 완전히 똑같다면 그걸 우연이라고 할 수 없다.

즉 이 경우 한쪽이 다른 한쪽을 베꼈다는 결말밖에는 나올 수 없다.

아무리 그래도 나 살자고 백기가 베꼈다는 쪽으로 몰아가는 건 아무리 양심에 털이 났기로서니 할 수 없는 짓이다.

무슨 좋은 방법이…….

그때였다.

"극한은 결국 한 점으로 모이는 법입니다."

아린이가 앞으로 걸어 나오며 말했다.

"양쪽 다 극한의 창술을 추구했다면 그것이 닮는 것 또한
필연이라고 볼 수 있지 않을까요?"

"하지만 무공의 철학마저 똑같았습니다만?"

"그거야 일검류를 토대로 만든 창술이기 때문이죠. 일검류
와 지율이의 창법은 모든 것을 한 번에 쏟아 낸다는 점에서
비슷한 점이 많으니까요."

그럴싸한 궤변을 늘어놓는 아린이었다.

언뜻 들으면 그럴싸하지만 아무리 그래도 완전히 똑같은
건 좀 아니지.

한배에서 태어난 쌍둥이도 다른 점이 있기 마련인데.

그러나 아린이는 그 어느 때보다 당당하게 말을 이어 갔다.

"물론 그쪽도 서하와 똑같은 걸 생각했다는 점에서 실력은
알겠네요. 축하해요. 그쪽도 극한의 무공을 창시할 정도의
실력이 되는 거니."

아린아. 제발.

맹목적인 찬양에 고개가 절로 숙여진다.

쟤들 나 먹이려고 일부러 저러는 건 아니겠지?

어쨌든 아린이의 궤변을 잘 참고 들어 주던 백기는 고개를

끄덕였다.

"……그래, 백번 양보해서 그렇다고 치죠."

그걸 이해해 주다니.

역시 생긴 것과는 달리 심성은 착한 친구다.

회귀 전, 실력도 형편없었던 나를 친구로 받아 줄 때부터 알아봤다.

"마지막으로 한 가지만 더 물어도 되겠습니까?"

나는 바로 고개를 끄덕였다.

이렇게 된 거 뭐든 성심성의껏 답해 줄 의향이 있었다.

"아직 제 무공은 미완인 상태입니다. 총 9개의 초식으로 구상했지만, 7개의 초식까지밖에 완성하지 못했죠. 혹시 선인님은 이 무공을 완성했습니까?"

백기는 아직 완성시키지 못했었구나.

회귀 전 내가 그와 만났을 때와는 거의 10년의 차이가 있으니 이해가 안 가는 것도 아니다.

나는 죄책감을 억누르며 대답했다.

"네, 공교롭게도 9개의 초식을 구상한 것까지 똑같군요."

"정말입니까?"

백기는 흥분한 듯 서둘러 말을 이었다.

"그럼 완성된 무공을 보여 주실 수 있습니까?"

"그럼요. 마지막 두 초식만 새로 적어 드리겠습니다."

그래도 백기에게 조금이라도 도움이 될 수 있다니 다행이다.

이걸로 죄책감을 좀 덜 수 있겠어.

그런데 그때 지율이가 끼어들었다.

"그럴 필요 없어."

그리고는 품속에서 예전에 내가 적어 주었던 비급을 꺼냈다.

"다 보고 꼭 돌려주기를 바란다. 우리 가보라서 말이야."

언제 가보까지 된 거냐?

"소중하게 보고 돌려주지."

그렇게 비급을 받아 본 백기는 한참을 읽어 보다 어이가 없다는 듯 헛웃음을 터트렸다.

"이거 초식 이름과 순서까지 똑같군요."

"……"

낭패다.

아무리 그래도 이름까지 똑같은 걸 우연이라고 할 수 있을까?

아니다. 우기자.

어차피 여기까지 온 이상 뒤로 무를 수도 없지 않나.

근거도 뭐도 없다면 목소리 큰 사람이 이기는 거 아니겠는가?

"하하하, 그렇습니까? 그것참 대단한 우연이네요."

백기는 허탈한 얼굴로 고개를 끄덕였다.

"어쨌든 그쪽이 내 창술을 베낀 게 아니라는 것은 이제 인정할 수밖에 없겠네요. 이렇게 내가 못 만든 초식까지 만들었으니 말입니다."

크윽.

양심에 치명상을 입었다.

"그, 그러게 말입니다."

"왕국 제일이라고 하더니…….''

백기는 멋쩍은 웃음과 함께 말했다.

"정말로 위대하신 분이었군요."

……미안하다. 백기야.

무공을 베낀 주제에 원작자에게 저런 극찬까지 받다니.

쥐구멍에라도 숨고 싶어진다.

"혹시 실례가 안 된다면, 제가 이 비급의 마지막 두 초식을 수련해도 되겠습니까? 제가 원하던 무공 그대로의 모습이라. 꼭 부탁합니다."

"물론이죠."

제발 그렇게 해 달라고 부탁하고 싶을 정도다.

그 역시 훗날 나찰과의 전쟁에서 크게 활약할 인물.

한시라도 더 빨리 강해지면 나야 좋지.

그리고 혹시 모르지 않나.

김한결 스승님처럼 영감을 받아 개량된 구룡창법을 만들어 낼지.

"감사합니다. 대인(大人)."

대인이라니.

대인은 그쪽이라고 말해 주고 싶었다.

그런 내 마음을 아는지 모르는지 지율이와 아린이는 내 옆에 의기양양하게 서서 한마디씩 더했다.

"이제야 네 위대함을 알아보는군."

"그래도 자기 분수는 아는 사람은 아니라 다행이야."

"……."

신종 암살법인가?

세상 창피하게 만들어서 수치사(羞恥死)시키려는 거야 뭐야?

그때였다.

"이서하 선인님. 잠시 시간 괜찮으십니까?"

방장 스님께서 나를 구원해 주었다.

"물론입니다!"

나는 즉답한 뒤 방장 스님을 향해 달려갔다.

"전서구가 날아왔습니다. 진혈사의 무승들이 우리가 떠난 것을 바로 알아차렸다는군요. 이동을 멈추고 한곳으로 전력을 모으고 있다고 합니다."

진혈사가 바로 알아챌 거라는 것쯤은 예상하던 바였다.

진혈사라면 심명사 주변으로 감시 조 하나 정도는 배치해 두었을 테니까.

한두 사람이 몰래 빠져나간 것도 아니고 사찰의 전 인원이 이동한 것이니 모르려야 모를 수가 없지.

"그럼 습격 예상일은 언제쯤이 될 거 같습니까?"

"아마 이틀 뒤에는 따라잡힐 것입니다."

애초에 노인과 아이들까지 있는 우리가 무승으로만 이루

어진 진혈사의 추격을 따돌리는 건 불가능했다.

그렇다면 남은 방법은 무엇인가?

바로 맞서 싸우는 것이다.

"예상대로네요. 그래도 서두르죠. 작전 지점까지는 아직 거리가 좀 있습니다."

이왕 싸워야 한다면 내가 짠 판에서 싸울 생각이었다.

"다 같이 불청객들을 위한 환영식을 준비해 보죠."

피할 수 없다면 즐기라는 말이 있다.

진혈사와의 전쟁을 시작해 보자.

◆ ◈ ◆

원남성을 가로지르는 거대한 숲.

원남숲을 이동하는 진혈사 무승들의 피부가 달빛에 반짝거리며 빛났다.

심명사와의 결전을 위해 모인 무승 500명.

모두가 최소 절정에 다다른 고수들이었다.

그리고 그 선두를 진승이 이끌고 있었다.

이윽고 밥 짓는 연기를 발견한 진승은 손을 들어 보이며 말했다.

"대기하라."

따라잡았다.

밥을 짓는 연기가 많은 걸 보면 정찰대의 말대로 사찰의 승려들은 물론 외부 피난민들까지 전부 데리고 가는 것이 맞는 것 같았다.

"심명사다. 여기서부터는 기를 억누르고 천천히 접근한다."

신정(信正).

수행자로서 그의 경지는 적인 진승 또한 인정하는 바였다.

승려들은 물론 고통받는 피난민들까지 전부 챙긴다는 건 쉬운 선택이 아니었을 테니까.

그러나 그것이 항상 좋은 결과를 만들어 낼 것이라고는 생각할 수 없었다.

'심명사는 언제나 그랬지.'

언제나 이상을 좇는 자들이었다.

그러니 이룰 수 없는 이상은 죄라는 것을 알려 줄 생각이다.

"목표는 황자다. 그럼……."

진승은 석장(錫杖)을 흔들었다.

석장 위에 달린 고리가 서로 부딪히며 청명한 소리를 냈다.

"우리의 뜻을 행하라."

그와 동시에 무승들이 앞으로 달려 나가기 시작하고 진승 역시 무리의 중앙에서 천천히 앞으로 나아갔다.

그 순간이었다.

휘잉! 하는 소리와 함께 강철 화살이 진승을 향해 날아들었다.

"······!"

석장으로 화살을 쳐 낸 진승은 앞을 바라봤다.

"진혈사를 막아라!"

심명사의 무승들이 기다렸다는 듯 반격해 온다.

결의에 찬 모습.

진승은 그 결의에 대한 화답으로 조소를 보냈다.

"그래, 너희도 이 방법밖에 없었겠지."

그러나.

지금의 심명사는 진혈사의 상대가 아니었다.

일각 대사의 등장 이후 새로운 수련법을 익힌 진혈사의 무승들은 전과는 비교할 수 없는 경지에 다다랐다.

처음부터 질 수 없는 싸움.

일방적인 학살이 시작되고 진승은 여유롭게 황자를 찾았다.

분명 과하게 보호하는 인물이 있을 터.

예상대로 얼마 지나지 않아 한 인물이 진승의 시선을 사로잡았다.

"모, 모두 어디 있느냐! 나를 보호하라!"

허둥거리며 뛰어나와 호위를 찾는 젊은이.

이윽고 강대한 기운을 지닌 고수들이 그에게 몰려들었다.

'저자가······.'

황자구나.

"황자가 저기 있다!"

진승의 외침에 모든 무승이 황자로 추정되는 인물에게로 시선을 돌렸다.

이에 심명사의 무승들이 황자를 지키기 위해 움직였다.

"황자 저하를 지켜라!"

진승을 향해 몰려드는 무승들.

그러나 그가 석장을 땅에 꽂자 거대한 돌풍이 불어 무승들을 날려 보냈다.

화경(化境)의 경지.

진승은 무표정하게 심명사의 무승들을 바라보며 말했다.

"격의 차이를 알아라."

그렇게 진승이 황자를 향해 걸어갈 때였다.

"그 격의 차이……."

누군가 돌풍을 뚫고 진승을 향해 달려들었다.

"나한테도 좀 알려 주겠나?"

그 순간.

황금빛 불꽃이 진승의 시야를 가득 채웠다.

◆ ◈ ◆

적의 습격은 필연적이다.

피난민들까지 줄줄 데리고 진혈사의 추격을 뿌리친다는 건 낙관을 넘어선 망상이나 다름없었으니 말이다.

자연스레 가장 큰 문제가 되는 것은 바로 피난민들과 전투 능력이 없는 학승들이었다.

이에 적의 현 전력을 물었고, 방장 스님은 다소 어두운 얼굴로 답을 꺼냈다.

"절정 이상의 무승이 500명 정도라고 들었습니다. 그중에서도 이판승 셋은 화경의 고수이며 주지인 진승은 명실상부 진혈사 최강으로 알려져 있습니다."

심명사가 망한 것도 이해가 가는 바였다.

아무리 제국에 화경의 고수가 많다고 한들 흔히 볼 수 있는 경지는 아니었다.

무엇보다 심명사가 마음을 다스리는 것에 집중하는 데 반해 진혈사는 육체를 갈고닦아 무승의 수 또한 많았다.

거기다 4명의 화경 고수까지.

전력의 차이는 극심했다.

'피난민을 지키며 싸우는 건 불가능하다.'

안 그래도 전력이 떨어지는데 짐 덩이까지 등에 업고 싸울 수는 없었다.

아무리 생각해도 방법이 없다.

나는 방장 스님에게 다시 한번 물었다.

"이대로 가면 모두 다 몰살입니다. 지금이라도 생각을 바꾸시는 게 어떻습니까?"

하지만 방장 스님은 그저 미소를 지어 보일 뿐이었다.

역시 바꾸지 않는 건가.

그때였다.

"저에게 생각이 있습니다. 진혈사의 목표는 아마 저일 것입니다. 그러니 제가 미끼가 되면 피난민들을 무사히 탈출시킬 수 있지 않겠습니까?"

미끼라······.

가장 중요한 인물을 미끼로 쓰라는 건가.

그때였다.

'잠깐만······.'

진혈사는 황자와 방장 스님이 동일 인물이라는 것을 모른다.

그렇다면 이를 이용할 수 있지 않을까?

"황자 저하가 심명사에 있다는 것을 진혈사가 알고 있습니까?"

"그건 저도 확신할 수 없습니다. 알고 있을 수도, 모를 수도 있죠."

"그럼 황자를 하나 만들어 미끼로 사용하는 건 어떨까요?"

만약 진혈사가 황자의 존재를 알고 있다면 그들의 목표는 황자일 것이다.

그가 황제로 즉위한다면 진혈사를 가만히 두지 않을 것이 분명할 테니 말이다.

자신이 수련하고 살아온 심명사를 공격한 자들이니 살려 둘 리 없다고 생각하겠지.

그리고 만약 진혈사가 황자의 존재를 모르고 있다고 하더라도 상관없다.

대놓고 황자의 존재를 보여 줌으로써 혼란을 야기할 수 있을 테니 말이다.

그렇기에 나는 이준이를 황자로 만들었다.

그리고 전투가 시작되자마자 이준이는 호들갑을 떨며 방장 스님과는 반대 방향으로 도망치기 시작했다.

"황자가 저기 있다!"

딱 봐도 주지로 보이는 남자가 이준이를 목표로 가리켰다.

이윽고 이판승으로 추정되는 승려들을 필두로 모든 진혈사의 무승들이 이준이를 향해 달려가기 시작했다.

설마 했는데 역시나였다.

진혈사가 황자의 존재를 알고 있다.

'처음부터 알고 있었던 것인가? 아니면 나의 행동으로 인해 또 무언가 바뀐 것인가?'

지금 당장은 생각할 시간이 없다.

자세한 것은 이번 일을 잘 마무리한 뒤 천천히 생각해 봐도 늦지 않을 것이다.

'그러면……'

나는 주지 쪽으로 시선을 돌렸다.

심명사의 무승들이 진승을 향해 달려드는 것이 보였다.

허나, 진승이 석장을 땅에 꽂으며 기를 방출하자 모두 힘

한번 쓰지 못하고 날아갔다.

"격의 차이를 알아라."

나는 진승을 향해 다가갔다.

돌풍이 나를 덮쳐 왔으나 같은 화경의 경지인 나에게는 봄바람 정도일 뿐이다.

"그 격의 차이 나한테도 좀 알려 주겠나?"

낙월검법(落月劍法), 이위화(已爲火).

자신이 만든 돌풍을 뚫고 올 줄은 몰랐겠지.

화들짝 놀란 진승은 뒤로 물러나며 나에게로 시선을 돌렸다.

진승 입장에서 나의 존재는 예상 밖일 것이다.

그 누구도 모르게 은밀히, 여옥비 성주에게도 알리지 않고 개고생을 해 가며 여기까지 왔으니…….

"왕국에서 온 선인이시군요."

알고 있다고?

그 개고생을 해 가며 이곳 원남까지 왔는데?

아니, 그게 문제가 아니다.

"날 알고 있는 듯한 말투입니다만."

"이서하. 왕국 최강의 선인이라고 들었습니다."

내 이름까지 알고 있다.

이건 아무리 나라도 좀 당혹스럽다.

황자의 존재를 알고 있는 것도 그렇고 진혈사의 정보력이 이렇게 대단할 줄이야.

"왕국의 모든 것을 얻은 자가 어째서 제국의 일에 흥미를 보이는 것입니까? 안전한 왕국에서 주어진 삶에 만족했다면 좋았을 것을."

안전하다면 나 또한 그러고 싶다. 하지만 참혹한 미래를 알고 있는데 어찌 움직이지 않을 수가 있겠는가.

나는 구도자인 것마냥 말하는 진승의 말을 받아쳤다.

"그러는 그쪽이야말로 그냥 물러나는 게 어떻습니까? 심명사는 패배를 인정하고 사찰까지 버려 가며 도망치고 있습니다. 원남에 남아 진혈사를 더 크게 만드는 데 열중하시죠."

한마디로 이 정도로 만족하고 꺼지라는 말이다.

물론 이런다고 진승이 물러날 거 같지는 않지만.

역시나 진승은 헛웃음과 함께 자세를 잡았다.

"아무리 작은 불씨라도 완벽하게 끄지 못하면 언젠가 큰 화마로 돌아오기 마련입니다."

그리고는 나를 향해 달려들었다.

"그것이 당신의 뜻이라면 관철하시죠……."

이윽고 진승이 석장을 앞으로 내질렀다.

"……그럴 자격이 있어야겠지만."

횡! 하는 소리와 함께 강한 돌풍이 칼날이 되어 나를 향해 날아들었다.

세상이 느려지며 먼지 섞인 날카로운 바람이 선명하게 보인다.

화경의 경지.

회귀 전, 천신만고 끝에 제국에 도착했던 나에게 대륙의 고수들은 하늘과 존재였다.

결코 오를 수 없는 경지에 있는 자들.

두려움과 동경의 대상이었다.

얼마나 많은 제국의 고수들을 부러워하고 두려워하며 살았던가.

그러나 지금은 아니다.

생살여탈권을 남에게 주고 벌벌 떨던 회귀 전의 내가 아니었다.

"좋은 말입니다. 원하는 바는 스스로 얻어야 하는 법이죠."

약자는 남의 뜻에 따라 움직인다.

오직 강자만이 자신의 뜻을 관철할 자격을 갖추고 있다.

그리고 이제 난 그 자격을 갖추었다.

"그러니 원망하지 마십시오."

왕국 최강으로서.

이기적이게 내 뜻을 관철하겠다.

일검류(一劍流), 용섬(龍閃).

단숨에 끝낸다.

천광이 좌에서 우로 진승을 향해 뻗어 나갔다.

"……!"

화경의 경지답게 진승은 석장에 강기를 둘러막았다.

그러나 같은 화경에도 차이는 있는 법.

챙! 하는 소리와 함께 석장이 반으로 갈라지고 진승의 동공이 커졌다.

"크윽!"

몸을 뒤로 뺀 진승은 복부를 부여잡으며 한쪽 무릎을 꿇었다.

나는 그런 그의 앞으로 다가가 말했다.

"여기까지입니다. 스님."

진승이 살아 있을 수 있는 것은 순전히 내가 그것을 의도했기 때문이다.

일검류는 일격필살의 기술.

죽일 생각이었다면 진승의 내장이 바닥을 뒹굴고 있었겠지.

그러나 그냥 죽여 버리기에는 물어보고 싶은 것이 너무 많았다.

나는 적당히 거리를 둔 채 질문을 시작했다.

"몇 가지를 좀 묻겠습니다. 제 이름은 누구에게 들었습니까?"

식은땀을 흘리며 나를 올려다보던 진승은 조소와 함께 고개를 떨구었다.

"그게 뭐가 중요합니까?"

"저한테는 꽤 중요한 일입니다."

정보가 샜다.

황자의 존재를 알고 내 정체 또한 파악하고 있다.

'진혈사의 능력만으로 가능할까?'

아니, 그럴 리가.

제국의 사찰에 불과한 진혈사가 굳이 왕국에 세작 같은 걸 심어 놓았을 거라고는 생각할 수 없다.

그렇다면 결론은 한 가지.

진혈사의 뒤를 봐주는 어떠한 세력이 내가 움직이는 것을 포착해 이들에게 알렸다고 볼 수 있다.

과연 그 세력은 누구인가?

은월단인가? 암부인가? 아니면 내가 모르는 또 어떠한 세력인가?

"말씀해 주시면 목숨만은 살려 드리겠습니다."

"다 이긴 것처럼 이야기하시는군요."

"그럼 아닙니까?"

진승의 경지는 내 수준조차 되지 못했다.

극양신공을 사용하지 않았더라도 내가 이길 수 있었을 정도.

진혈사 최강자인 그가 이 정도라면 나머지 이판승들 또한 문제가 없을 터.

'이준이한테는 다들 붙어 있으니까……'

진혈사가 이준이를 쫓기 시작한 그 순간 거의 모든 전력이 전부 이준이를 지키기 위해 움직였다.

아린이와 김채아 선인, 거기다 지율이와 민주까지 있으니 만에 하나라도 이준이가 질 가능성은 없다.

만약을 대비해 방장 스님 쪽에 상혁이는 물론 백기의 용병단까지 붙여 놓았으니 혹시나 진혈사의 무승들이 목표를 바꾸더라도 별문제가 없을 터였다.

"스님이 진혈사 최강이라고 들었는데요. 외통수입니다. 스님."

내 말에 진승은 헛웃음을 터트리더니 이내 킥킥거리며 웃기 시작했다.

실성이라도 한 것일까?

그렇게 한참을 웃던 진승은 터진 옆구리를 부여잡더니 말했다.

"누가 그럽니까? 내가 최강이라고?"

그 순간이었다.

후방에서 강대한 음기가 느껴졌다.

처음에는 아린이의 것인 줄만 알았다.

이판승과 싸우다 음기 폭주를 일으켰다고 생각했다.

그러나 이윽고 나는 방향이 잘못되었음을 깨달았다.

"어째서……."

검은 하늘을 따라 올라가는 거대한 은빛 기운.

"……저쪽에서 음기가?"

그것은 방장 스님이 향한 방향에서 올라오고 있었다.

"심명사에게 있어서는 그대가 호법신이 되었듯……."

무언가 잘못되었다.

나는 비틀거리며 일어나는 진승을 돌아보았다. 다 죽어 가고 있었음에도 그는 만족한 듯 미소를 지으며 말을 이었다.

"우리에게도 호법신이 있습니다."

호법신(護法神).

그리고 진혈사에게 있어 호법신은…….

"당신은 신을 이길 수 있습니까?"

나찰이었다.

◆ ◈ ◆

한상혁은 방장 스님과 함께 움직이고 있었다.

"가짜 황자 쪽으로 몰려간 모양이군요."

옆에는 백기의 호위대와 진소은이 있었다.

백기는 계속해서 뒤를 돌아보는 한상혁에게 물었다.

"왜 그러십니까? 이서하 선인님이라면 걱정하실 필요 없지
않을까요?"

"……서하라면 그렇죠."

"그럼 그 가짜 황자분 때문에 그렇습니까?"

"아뇨."

그리고 그 순간.

상혁이 앞에 걸어가고 있던 방장 스님의 목덜미를 황급히
잡아당겼다.

"윽!"

방장 스님이 뒤로 쓰러지고 모두가 발걸음을 멈추었다.

"무슨 짓입니까!"

방장 스님을 호위하던 무승 하나가 외쳤으나 상혁은 말없이 땅을 가리켰다.

"습격입니다. 대비하세요."

상혁이 가리킨 곳의 땅이 움푹 파여 있었다.

'아까부터 거슬리더니…….'

조금 전부터 희미한 기운이 빠르게 다가오는 것이 느껴졌다.

무시하기에는 그 속도가 너무 빨랐으며 기운의 성질 역시 너무나도 이질적이었다.

그리고 지금.

상혁은 숲속에서 걸어 나오는 한 승려를 바라보며 침을 삼켰다.

"한 명?"

적의 습격을 대비하던 무승들이 긴장을 푸는 그 순간이었다.

"피해……!"

펑! 하는 소리와 함께 한 무승의 몸에 수십 개의 구멍이 뚫렸다.

상혁은 피가 솟구치는 것을 보며 방장 스님의 앞으로 달려갔다.

비명과 허둥거리는 무사들.

상혁은 온 신경을 곤두세우며 육감을 펼쳤다.

무승들의 머리가 터지면서 흘러나온 피가 땅에 닿기도 전에 상혁은 이 무지막지한 공격의 정체를 찾아야만 했다.

그리고 그 순간.

상혁은 눈앞에 펼쳐진 광경에 좌절했다.

'이런…….'

육감의 세계는 수천, 수만 개에 달하는 기의 탄환으로 빼곡했다.

이윽고 무형의 탄환들이 쏟아지기 시작했다.

"호신강기(護身罡氣)!"

상혁은 호신강기를 펼침과 동시에 현철쌍검을 방패처럼 사용했다.

두두두두! 하는 소리와 함께 호신강기가 뚫리고 현철쌍검에 직접적인 타격이 시작되었다.

"크윽!"

그렇게 한바탕 폭격이 지나간 뒤 상혁은 고개를 돌려 방장 스님의 상태를 살폈다.

다행히도 방장 스님은 상처 하나 없다.

그러나 상황은 좋지 않았다.

무승들은 전부 벌집이 되어 쓰러졌고 호위대 또한 마찬가지였다.

'진소은과 백기는…….'

다행히도 백기 덕분에 진소은은 살아남을 수 있었다.

그러나 백기의 상태는 좋지 않았다.

호신강기가 뚫린 것인지 팔과 다리에 뚫린 상처가 가득했다.

'내가 막아야 한다.'

진혈사의 승려는 또 다른 공격을 준비 중이었다.

다시 한번 포격이 시작되면 그때는 그 누구도 살아남을 수 없다.

상혁은 쌍검을 뽑아 들며 승려를 향해 도약했다.

그러자 생성된 탄환이 모두 상혁을 노리고 날아들었다.

'이 정도는…….'

신(新) 천뢰쌍검, 구전광(球電光).

뇌기가 탄환을 전부 녹였다.

한 줄기의 번개처럼 승려의 앞에 도착한 상혁은 있는 힘껏 검을 내려쳤다.

지잉!

강기가 서로 맞물리며 굉음을 내고 폭발했다.

상혁은 뒤로 물러나며 승려를 올려다보았다.

뇌기(雷氣)에 가면이 불탄다.

승려는 천천히 가면을 벗어 던졌다. 그의 민얼굴을 본 상혁은 충격에 굳었다.

"……!"

부러진 10개의 뿔.

창백한 얼굴에 붉은 눈, 거기에 어깨까지 내려오는 백발.

나찰이었다.

"너는……."

나찰은 미소와 함께 말했다.

"저는 오미크론. 진혈사의 방장, 일각 대사라고 합니다."

상혁은 자기도 모르게 뒷걸음질 쳤다.

오미크론이 억누르고 있던 음기가 방출되며 주변의 나무들이 썩어 간다.

압도적인 죽음의 기운.

그것만으로도 상혁은 눈앞의 나찰이 평범하지 않음을 짐작할 수 있었다.

"당신의 이름은 무엇입니까? 수행자여."

오미크론.

위대한 일곱 혈족 중 한 사람이었다.

Chapter 100.

"우와아아아아아아아아! 뭣들 하느냐! 나! 황자를 지켜라!"

태어나서 이렇게 빨리 달려 본 적이 있을까?

비명을 지르며 도망치던 정이준은 슬쩍 뒤를 돌아봤다.

스님이라고는 믿기지 않을 정도로 험상궂은 자들이 바로 뒤를 따라오고 있었다.

진혈사의 이판승 셋이었다.

'씨발! 황자는 안 노릴 거라며!'

망할 대장.

황자를 연기하라고 할 때부터 알아봤다.

"내가 어떻게 튀냐고!"

그렇게 울부짖을 때 다리가 엉켰다.

앞으로 데굴데굴 구른 정이준이 고개를 드는 순간.

이판승 하나가 그를 향해 석장을 내려쳤다.

"죽어라! 황자."

진짜 황자면 억울하지라도 않지.

'망할, 호위는 어딨어?'

분명 호위 다 붙여 준다고 했는데 말이다.

절대적으로 안전하다고 말했잖아!

그렇게 속으로 외치는 순간.

한 여자가 돌려 차기로 이판승을 날리며 등장했다.

"도망치는 거 하나 요란하네."

정이준의 직속 호위를 맡은 김채아 선인이었다.

그녀는 진흙 범벅이 된 정이준을 돌아보고는 혀를 찼다.

"나 참, 이런 놈 호위를 맡아서는……."

지금까지 한 짓을 봐서는 별로 구하고 싶지 않았지만 대장
의 명령이니 어쩔 수 없다.

"어디 다친 데는……."

"막내님!"

"윽!"

오열하며 다리에 안기는 정이준이었다.

"앞으로는 더 잘해 주겠습니다. 막내님!"

그러면서도 막내라는 호칭은 절대로 바꾸지 않는다.

"떨어져 이 새끼야! 저기 저 빡빡이 일어나잖아!"

기껏 구해 줬더니 방해나 하고 있다.

김채아는 다리를 흔들어 정이준을 날려 보낸 뒤 크게 한숨을 내쉬었다.

다리에 새로 감은 붕대가 진흙으로 더러워져 있었다.

'저 새끼……'

노린 건 아니겠지?

아니, 영악한 놈이니 이마저도 노렸을 수 있다.

김채아는 잡념을 털어 내며 이판승을 노려보았다.

'그걸 맞고 일어나는 걸 보면 어중이떠중이는 아닌데 말이야.'

석장의 생김새로 보나 입고 있는 옷으로 보나 간부급 중 하나일 것이다.

"차라리 잘됐어."

육도각(六徒脚).

이서하에게 처참히 져 막내가 된 후로 그녀의 삶은 지옥과 같았다.

개또라이 같은 중급 무사에게 걸려 티격태격한 것도 벌써 며칠.

이번 기회에 실력을 보여 주고 막내에서 벗어날 생각이었다.

선풍기갑각(旋風機甲脚), 대화륜(大火輪).

이판승 역시 석장에 불꽃을 휘감았다.

두 화염이 폭발하자 김채아는 바로 다른 갑옷을 다리에 둘렀다.

선풍기갑각(旋風機甲脚), 27식 선풍각(旋風脚).

새롭게 다리에 두른 바람이 불꽃을 깨끗하게 밀어내자 이판승의 모습이 시야에 들어왔다.

"죽어어어어어어!!"

김채아는 지금까지의 수모를 토해 내듯 소리를 내질렀다.

27식 선풍각은 총 27개의 초식으로 이어진 연타기.

상대가 아무리 강한 강기를 둘렀다고 한들 힘으로 부숴 버리면 그만이다.

"크윽!"

처음에는 어떻게든 막아 내던 이판승 역시 변화를 예측하지 못하고 정타를 허용하기 시작했다.

"모르면 맞아야지!"

7타부터 26타까지 모든 공격이 깔끔하게 들어가고 김채아는 비틀거리는 상대에게 마지막 일격을 날렸다.

쓰러져서 일어나지 않는 이판승.

거친 숨을 몰아쉬던 김채아는 주먹을 불끈 쥐며 외쳤다.

'아, 좀 풀린다.'

그동안 쌓아 왔던 울분이 다 풀리는 느낌이었다.

김채아는 의기양양하게 정이준을 돌아보았다.

"봤냐! 중급 무사! 이게 선인의······."

"이제 끝났나?"

"응?"

청량한 목소리.

목소리가 들린 곳에는 백발의 여자가 선녀처럼 하늘을 걷고 있었다.

부대장 유아린이었다.

김채아는 그제야 유아린의 뒤로 펼쳐진 시체 밭을 발견하고는 입을 다물었다.

그중에는 자신이 상대한 이판승과 같은 복장을 한 자들도 둘이나 포함되어 있었다.

"나는 서하한테 가 볼 테니까 나머지는 방장 스님 쪽으로 합류하도록 해."

"······네."

정이준은 예외였으나 으레 무사의 위계는 강함으로 정해진다.

그런 의미로 존댓말이 절로 나왔다.

"그럼. 움직이도록."

김채아는 멀어지는 유아린을 씁쓸하게 바라보다 중얼거렸다.

"이러다 이 나이 먹고 계속 막내인 건 아니겠지?"

그 순간이었다.

펑! 하는 소리와 함께 음기가 폭발하는 것이 느껴졌다.

방장 스님 쪽.

유아린 역시 기운을 느끼고는 발걸음을 멈추었다.

날것 그대로의 음기는 마치 죽음을 상징하는 것만 같았다.

나찰이다.

그것도 지금까지 만났던 것들과는 차원이 다른.

그렇게 잠시 생각에 잠겨 있던 아린이 입을 열었다.

"……작전을 바꾼다. 모두 방장 스님 쪽으로 이동한다."

서하도 저곳으로 올 것이기에.

아린은 망설임 없이 죽음의 기운을 향해 걸어갔다.

오미크론.

상혁은 스스로를 방장이자 일각 대사라고 밝힌 나찰에게서 시선을 떼지 않았다.

단 일순간이라도 시선을 떼면 그 순간 끝일 것만 같았다.

"백기 대장님. 방장 스님이랑 진소은 행수님을 부탁합니다."

"혼자 괜찮겠습니까?"

"둘이든 혼자든 안 괜찮은 건 똑같을 거 같은데요. 괜찮습니다. 시간만 벌면 서하랑 아린이가 와 줄 겁니다."

곧 있으면 음기를 감지한 서하와 아린이가 와 줄 것이다.

그 두 사람이 합류할 때까지만 버틴다면 승산이 없는 것도 아니다.

"가세요."

백기는 고개를 끄덕이고는 진소은과 방장 스님을 어깨에 짊어졌다.

그러나 얼마 못 가 보이지 않는 벽에 부딪혔다.

"크윽! 망할!"

상혁은 육감으로 자신들이 봉인되었음을 감지했다.

'무슨 말도 안 되는…….'

나찰의 요술이었다.

"죄송하지만 도망치게 놔둘 수는 없습니다."

이렇게 된 이상 방법은 한 가지.

오미크론이 오직 자신에게만 신경 써야 할 정도로 격렬하게 밀어붙이는 수밖에 없었다.

상혁은 육감을 최대한 곤두세우며 오미크론을 향해 돌진했다.

'나만 바라보게 만든다.'

오미크론의 석장과 상혁의 쌍검이 춤을 췄다.

백기는 두 사람의 전투를 멍하니 바라보았다.

밝은 달빛 아래.

강철음에 맞추어 섬광이 반짝거렸다.

하단부터 상단까지.

상혁의 공격은 입이 떡 벌어질 정도로 화려하고 변화무쌍
했다.

"이길 수 있나?"

저 정도의 나찰을 인간이 이길 수 있는 것인가?

그렇게 희망적인 예측을 할 때 옆에 있던 방장 스님이 말
했다.

"……움직이지 않는군요."

"네?"

"저 나찰 말입니다."

백기는 그제야 깨달았다.

"아직 한 발자국도 움직이지 않았습니다."

오미크론은 무표정하게, 제자리에 서서 상혁의 공격을 받
아 내고 있었다.

그리고 상혁 또한 그 사실을 알고 있었다.

'더 빠르게. 더 강하게.'

마치 벽을 마주하고 있는 것만 같다. 절대로 넘을 수 없는
그러한 벽.

실력의 차이는 명확했으나 상혁은 포기할 수 없었다.

'너는 천재다.'

이서하.

그 망할 놈이 귀에 딱지가 앉도록 한 말이었다. 그러니 그
에 걸맞은 활약을 해 줘야 하지 않겠는가?

'나는 천재다.'

천재란 누구보다 빠른 존재.

하나를 가르치면 열을 배우고, 가파르게 성장하며, 빠르게 깨닫는다.

그렇다면…….

"이 순간 너를 뛰어넘어 보마."

천재이기에.

누구보다 빠르게 성장하면 하늘조차 따라잡을 수 있으리라.

그리고 그 순간.

상혁의 몸에 청록색의 기운이 감돌기 시작했다.

인간은 가질 수 없는 기운.

지금 상혁은 자연 그 자체였다.

그렇게 1할, 2할, 3할.

무의 극의(極意)를 깨달은 상혁은 매 합에 1할씩 성장했다.

그리고 지금 이 순간.

'뛰어넘었다!'

오미크론은 마치 대견한 제자를 보듯 흡족하게 웃으며 말했다.

"축하드립니다."

상혁이 오미크론의 석장을 튕겨 내고.

"당신은 강합니다."

현철쌍검이 오미크론의 목을 쳤다.

신(新) 천뢰쌍검, 적혼(赤魂).

거미의 형상을 한 붉은 뇌기가 공간을 찢으며 울부짖었다.

끼이이이이잉!

굉음에 모두가 귀를 막았다.

"그러나……."

굉음이 잦아드는 순간 오미크론의 손이 현철쌍검의 검신을 잡았다.

끝났다고 생각했다.

혼신의 힘을 다한 일격이었다.

분명 순간적으로나마 오미크론을 뛰어넘었을 터였다.

하지만 오미크론의 목에는 생채기 하나 없었다.

"당신의 깨달음은 여기까지입니다."

"……!"

무형(無形)의 권(拳), 부동권(不動拳).

보이지 않는 주먹이 상혁의 복부를 가격했다.

"윽!"

수천 개의 주먹이 날아든다.

상혁은 막아 보려 했으나 주먹 하나하나가 전부 변화무쌍하게 날아들었다.

막을 수 없다.

움직일 수조차 없다.

앞에서 날아온 공격에 뒤로 넘어가면 뒤에서 공격이 날아와 일으켜 세운다.

그렇게 수천, 수만 개의 주먹이 상혁의 몸을 두드려 공중으로 띄웠다.

픽! 픽! 픽! 픽! 픽!

타격음만이 조용한 숲에 울려 퍼졌다.

이윽고 공격이 끝나며 상혁이 쓰러지고 오미크론은 천천히 발걸음을 옮겼다.

"방장 스님이 황자 저하인 것입니까?"

멍하니 상혁을 바라보던 백기는 창을 고쳐 쥐며 오미크론의 앞에 섰다.

"머, 멈춰!"

손과 다리가 벌벌 떨린다.

'이 한심한 놈아…….'

백기는 주먹으로 다리를 때렸다. 그러나 떨림은 멈추지 않았다.

그때였다.

"네, 제가 황자입니다."

방장 스님이 백기의 앞으로 걸어 나왔다.

오미크론은 예를 갖추며 고개를 숙였다.

"진혈사의 방장, 일각 대사가 심명사의 방장 스님을 처음 뵙습니다."

신정 스님은 같이 합장하며 인사를 받은 뒤 말했다.

"제가 목표인 것이라면 나머지 분들은 놔주시겠습니까?"

"물론 피난민들은 다들 보내 줄 생각입니다. 쓸데없는 살생은 하늘께서도 좋아하지 않으시죠. 하지만……."

오미크론은 진소은과 백기를 바라봤다.

"제 얼굴을 본 자들은 그냥 보내 줄 수 없음에 미리 사죄드립니다."

진혈사의 방장이 나찰이라는 사실은 절대로 알려져선 안 된다.

"그럼 광명대라도 그냥 보내 주실 수 있겠습니까?"

"광명대라면?"

"왕국에서 오신 분들입니다."

오미크론은 잠시 생각하더니 고개를 끄덕였다.

"대원들은 그냥 보내 드리죠. 하지만 저 또한 명이 있어 대장의 목은 가져가야겠습니다."

그때였다.

"누가 누굴 그냥 보내 줘?"

상혁이 힘겹게 몸을 일으키며 말했다.

"나 아직 안 끝났다."

당당하게 말했으나 상혁은 자신의 몸 상태를 잘 알고 있었다.

'한쪽 다리는 완전히 부러졌고, 갈비도 몇 대 나갔네. 다행히 어깨는 탈구되었으니 끼워 넣으면 될 거 같고…….'

온몸을 두들겨 맞은 탓에 성한 곳이 없다.

그렇다고 포기할 수는 없었다.

아직은 때가 아니었기에.

'잘못하면 이번에 죽겠네.'

상혁은 작게 심호흡하고는 어깨를 끼워 넣었다.

'이왕 이렇게 된 거 멋지게 죽어 보자.'

상혁은 한쪽 다리로 오미크론을 향해 도약했다.

그 순간 상혁의 육감에 오미크론이 만든 존재가 감지되었다.

부동명왕(不動明王).

절대 움직이지 않는 수호자가 상혁을 내려다보고 있었다.

'이건······.'

이윽고 부동명왕이 거대한 검을 내려쳤다. 그 속도와 위력은 현 상태의 상혁이 받아칠 수 없는 것이었다.

상혁은 어이가 없음에 헛웃음을 터트렸다.

'반칙이잖아.'

하지만.

상혁은 미소를 지었다.

그리고 그 순간 한 남자가 상혁과 부동명왕 사이에 끼어들었다.

낙월검법(落月劍法), 천양겁화(天壤劫火).

거대한 불꽃이 부동명왕을 태운다.

상혁은 익숙한 등을 바라보며 말했다.

"이제 네 차례다. 이서하."

"그래, 수고했다."

"아이고."

그 말을 끝으로 뒤로 넘어간 상혁은 달을 올려다보며 중얼 거렸다.

"나도 전입 신청이나 할까?"

이준이 마음이 이해가 가는 밤이었다.

◆ ◆ ◆

생각이 짧았다.

진혈사가 황자의 존재를 인지하고 있을 가능성은 염두에 두고 움직였다.

하지만 어떻게 황자를 알고 있었을까라는 질문에 대한 답 을 명확하게 내리지 못한 것이 실책이었다.

'위대한 일곱 혈족.'

왕국을, 아니 제국까지 통째로 무너트린 그들이 관여되어 있을지도 모른다는 것을 고려했어야만 했다.

만약 위대한 일곱 혈족 중 하나가 진혈사에 있었다면 작전 은 아무런 소용이 없으니 말이다.

'그냥 다 죽이면 되지.'

압도적인 무력 앞에 잔꾀는 통하지 않는다.

초고수는 초고수가 상대해야 하는 법.

나는 그 부분에서 큰 실수를 저질렀다.

'이 멍청한 놈아. 친구를 사지에 던져?'

상혁이 혼자 버틸 수 있을까?

가슴이 답답하다.

방장 스님, 상혁이, 그리고 소은이가 죽은 모습이 절로 상상되었다.

나는 고개를 흔들었다.

생각하지 말자.

잡념은 도움이 되지 않는다.

지금은 누구보다 빠르게 달릴 뿐.

이윽고 시야에 누군가의 뒷모습이 들어왔다.

'살아 있다!'

상혁이는 아직 버티고 있었다. 그러나 보이지 않는 장벽이 나를 가로막았다.

벽에 가로막힌 나는 육감으로 그 존재를 인식했다.

'이런 건……'

적당히 힘 조절할 새가 없다.

나는 극양신공을 최대치로 끌어올린 뒤 천광을 휘둘렀다.

챙! 하는 소리로 벽이 무너졌음을 알 수 있었다. 이윽고 상혁이의 앞으로 끼어든 나는 나찰이 생성한 거인을 향해 시선을 돌렸다.

낙월검법(落月劍法), 천양겁화(天壤劫火).

거대한 불꽃이 거인을 태우자 뒤에서 상혁의 목소리가 들려왔다.

"이제 네 차례다. 이서하."

"그래, 수고했다."

"아이고."

난 대자로 쓰러진 상혁을 안아 들고 백기가 있는 곳으로 이동했다.

"다들 무사해서 다행입니다."

"서, 선인님! 와 주셨군요."

백기의 상태도 그리 좋지는 않았다. 아직 백기의 실력으로는 눈앞의 나찰을 상대로 십 합도 버티지 못할 테니 이해는 간다.

그래도 방장 스님과 소은이의 상태가 괜찮다는 건 다행이었다.

나는 백기의 눈을 바라보며 말했다.

"세 사람을 부탁합니다."

"네, 선인님."

뒤까지 신경 쓰면서 위대한 혈족과 싸울 수는 없다.

상혁이의 안전을 확보한 나는 나찰에게로 시선을 돌렸다.

강자의 여유일까?

뿔이 부러진 나찰은 무미건조한 얼굴로 나를 바라보다 입을 열었다.

"그쪽이 이서하 선인입니까?"

"그래, 맞다. 나에 대해서는 은월단에게 들었나?"

나찰은 미소로 대답을 대신했다.

"당신만은 꼭 제거하라고 하더군요."

"그렇게 내 평가가 높을 줄이야. 영광이네. 그런데 나는 그쪽 이름을 몰라서 말이야."

"진혈사의 방장, 일각 대사. 오미크론이라고 합니다."

오미크론.

이제야 기억난다.

위대한 일곱 혈족 중 한 존재로 알려진 이름이었다.

그러나 전면에 나서서 뭔가를 행한 적은 없기에 그의 능력, 성격, 그리고 생김새에 대해서는 알려진 것이 단 하나도 없었다.

애초에 만나 본 적도 없고 말이다.

'진혈사에 있었구나.'

그것도 방장 스님으로.

이거 제국 사찰의 방장들한테는 다 숨겨진 정체 같은 게 있는 건가?

"시간 낭비는 여기까지만 하도록 하죠."

아쉽게도 대화는 여기까지였다.

아린이가 올 때까지 말로 시간을 벌고 싶었는데 말이다.

"후우."

위대한 일곱 혈족.

솔직히 두렵다.

난 회귀 전에도 이들을 단 한 번도 이겨 본 적이 없다.

인간 고수들이 하늘이었다면 저들은 천외(天外)의 존재였다.

보이지도 않기에 따라잡을 생각조차 할 수 없을 정도로 강대한 존재.

그렇기에 미친 듯이 준비했다.

하늘을 뛰어넘어 저들의 존재를 엿보기 위해.

그래서 한 번이라도 이겨 보기 위해.

'훗날 제국에서나 만날 거로 생각했는데…….'

너무 빠르게 만나 버렸다.

나는 떨림을 감추기 위해 천광을 더욱 강하게 쥐었다.

"가자."

천광을 들고, 고대의 영웅처럼.

황금빛이 검은 하늘을 밝게 밝힘과 동시에 난 오미크론을 향해 돌진했다.

나찰에게는 요술이 있다.

그러나 오미크론의 요술은 어느 정도 예상이 가능했다.

보이지 않은 벽.

보이지 않은 거인.

아마도 보이지 않는 무언가를 창조하는 것이 아닐까?

그렇게 짐작한 나는 눈을 감고 육감에 의지했다.

그러자 하늘에 떠 있는 수많은 낫이 보이기 시작했다.

이윽고 낫이 내 목을 노리고 날아든다.

낙월검법(落月劍法), 연화보(烟火步).

발에 황금빛 기운이 모이며 몸이 연기처럼 사라진다.

만변무신공에 버금갈 정도로 유연한 낙월검법의 보법.

그렇게 날아드는 낫을 피하며 오미크론의 앞까지 간 나는 눈을 떴다.

이번이 유일한 기회다.

오미크론은 방심하고 있을 것이다.

평범한 공격으로는 자신의 몸에 생채기 하나 낼 수 없을 거라며.

그러니 그가 방심하고 있을 지금, 이 순간.

내 최대치를 때려 넣는다.

낙월검법(落月劍法), 태양선(太陽線).

한없이 얇게 응축되었던 양기가 오미크론의 허리를 갈랐다.

태양의 기운을 담은 한 줄기의 섬광.

그것은 점점 크기를 부풀리더니 굉음을 내며 폭발했다.

흑귀를 흔적도 남김없이 태웠던 그 기술.

그러나 밝은 빛에 날아간 시야가 돌아오기도 전에 내 육감이 먼저 말해 주었다.

'망할.'

오미크론은 살짝 찢어진 복부를 내려다보고 있을 뿐이었다.

"극양신공입니까? 아직도 자신을 태우며 싸우는 무사가 있었을 줄이야."

오미크론의 말에 나는 침을 삼켰다.

극양신공을 알고 있다.

그렇다는 뜻은······.

'나찰 전쟁 때부터 살아 있었단 말인가?'

왕국이 나찰과 전쟁을 시작하기 전.

제국 역시 나찰과의 전면전을 펼쳤었다.

염제나 빙후 같은 자들이 활약하던 때다.

그때부터 살아 있었다면 이 나찰은 도대체 몇 살인가?

"꼭 제거해야 할 이유가 있었군요."

오미크론이 한 발짝을 내밀자 석장에 달린 종이 울렸다.

그 순간, 내 머리 바로 위에서 무형의 검이 떨어졌다.

"······!"

육감을 발동하고 있지 않았다면 바로 머리가 쪼개졌을 것이다.

그것이 끝이 아니었다.

오미크론이 어느새 내 눈앞까지 와 있었다.

"크윽!"

오미크론의 석장이 내 복부를 강타했다.

내장이 입으로 튀어나올 것만 같다.

두 번째 공격은 막아야 한다.

천광을 들어 보았으나 오미크론의 일격에 팔이 활짝 벌어졌다.

단순 근력에서도 밀린다.

'망할……!'

이윽고 그의 석장이 나의 머리를 내려쳤다.

그 뒤로는 상황 판단이 되지 않는다.

얼마나 맞았을까?

날아가는 정신을 부여잡으며 뒤로 물러난 곳은 방장 스님과 소은이가 숨어 있는 거대한 돌 바로 앞이었다.

"하아, 하아."

눈가가 축축하다.

땀인가? 아니면 피인가? 그것을 확인할 힘도 남아 있지 않았다.

"당신은 졌습니다."

오미크론이 앞으로 걸어온다.

실력 차가 확실하다.

하긴, 안 되는 거였다.

애초에 10년 뒤에도 이길 수 있을까 말까 한 상대 아닌가?

그런 존재를 지금 만났으니 내가 지는 것도 당연하지.

그래도 백성엽 장군님이나 신유민 전하가 어떻게 해 주지 않을까?

그래, 이 정도면 난 충분히……

"거, 거기까지! 오지 마!"

그렇게 생각할 때 한 여자가 내 앞으로 튀어나왔다.

하나로 묶은 머리.

활짝 벌린 팔이 떨리고 있다.

진소은.

힘도 없으면서 깡도 좋다.

생각해 보면 항상 그랬었다.

무모한 걸로는 무사들 못지않은 사람이었지.

이윽고 방장 스님과 백기도 내 앞으로 나선다.

개죽음인 줄도 모르고 모두가 포기를 모른다.

"일곱 합만 벌겠습니다. 회복하세요."

"소승이 지원하겠습니다."

방장 스님이 신력으로 작은 보호막을 씌워 주자 백기가 앞으로 달려 나갔다.

구룡창법(九龍槍法).

아홉 초식은 그 어떤 고수도 방심할 수 없다는 창법.

하지만 오미크론은 무표정하게 받아쳤다.

'그래……'

모두가 절망 속에서 발버둥 쳤다.

그러나 누군가는 지금 백기처럼 맞서 싸웠고 누군가는 나처럼 도망쳤다.

회귀 후에도 똑같네.

병신 같은 새끼.

"정신 차려요! 당신밖에 없다고요!"

그 외침이 나를 깨웠다.

또다시 소은이 앞에서 꼴사나운 모습을 보여 줄 수는 없다.

"너를 두 번 버릴 수는 없지."

"네?"

사랑하는 사람이 눈앞에서 잔혹하게 살해당하는 경험은 한 번으로 충분하다.

나는 소은이의 작은 어깨를 잡고 앞으로 걸어 나갔다.

"이번에는 지켜 줄게. 소은아."

이윽고 백기의 일곱 초식이 끝나고 석장에 맞아 날아간다.

단 한 방.

죽지 않았으면 다행이겠지.

백기가 날아감과 동시에 방장 스님이 신법으로 오미크론을 옭아매려 했다.

그러나 찰나도 버티지 못하고 깨진다.

이윽고 오미크론이 나에게로 시선을 돌리고는 걸어오기 시작했다.

"그래, 해보자."

천외(天外)의 존재.

그를 떨어트린다.

"와라아아아아아아아!"

그때였다.

풍란 향이 내 코를 간질이며 차가운 한기가 내려앉았다.

지독한 한기(寒氣)가 왜인지 모르게 따뜻하다.

"기다렸지?"

어느새 내 앞에 착지한 아린이가 미소를 지어 보인다.

그와 동시에 오미크론이 내지른 석장을 잡았다.

"쓰레기 같은 놈이."

이윽고 아린이의 주먹이 오미크론의 얼굴을 향해 뻗어져
나갔다.

퍽! 하는 소리와 함께 오미크론의 몸이 붕 떠서 날아간다.

"······!"

저 멀리 날아가 쓰러지는 오미크론.

그렇게 놀라고 있는 사이 아린이가 양손으로 내 얼굴을 잡
았다.

"어떡해? 잘생긴 얼굴이 다 망가졌어. 아프지 않아? 흉터 안
지겠지? 아니다. 흉터 지는 게 더 멋있을 수 있으니까 걱정하
지 마."

"······아린아. 아직 안 끝났어."

"응. 알아. 그래도 더 중요한 건 확인해야지."

싸움이 더 중요할 거 같은데.

이윽고 얼마 지나지 않아 지율이와 민주, 그리고 김채아 선

인까지 합류했다.

나는 세 사람을 돌아보며 말했다.

"잘됐다. 지율이, 민주, 그리고 김채아 선인은 부상자들이랑 방장 스님, 그리고 진소은 씨를 보호하면서 최대한 멀리 도망가 줘."

"그렇게 할게."

지율이가 고개를 끄덕이고 민주가 바로 소은이를 업었다.

그러나 김채아 선인은 멍하니 오미크론을 바라볼 뿐이었다.

"뭐 하나! 빨리 움직여!"

"아, 네! 그런데 내 도움은……."

그렇게 말하던 김채아 선인은 입을 다물었다.

그녀도 알 것이다.

어중간한 경지로는 도움조차 될 수 없다는 걸.

"녀석이 뻗어 있을 때 빨리 움직여."

그렇게 정리가 되고 난 아린이에게 시선을 돌렸다.

"아린아, 부탁 하나 해도 돼?"

"뭔데?"

"일반 공격으로는 타격을 줄 수가 없어서 다른 방법을 써야 하는데, 그러려면 지근거리까지 접근해야 돼. 그 길을 열어 줄 수 있겠어?"

아린이는 강한 열의를 불태웠다.

"솜털 하나 상하지 않고 마주하게 해 줄게."

그 정도까지는 필요 없는데…….

전력을 다하겠다는 의미로 받아들이자.

"그래, 부탁할게."

"응."

어느 정도 계획을 세웠을 때쯤, 오미크론 또한 천천히 몸을 일으키고 있었다.

이윽고 완전히 몸을 바로 한 그가 아린이를 바라보았다.

"나찰임에도 인간의 편에 서서 함께한다라…… 그게 당신의 선택입니까?"

오미크론의 눈동자에 언뜻 엿보인 감정은 슬픔.

그러나 찰나의 순간 느껴졌던 심정은 이내 들려온 청량한 종소리와 함께 사라져 버렸다.

오미크론은 어느새 평온한 얼굴로 되돌아와 있었다.

"양극단은 함께 존재하는 법이지요. 비록 당신의 정의가 같은 종족을 위하지 않지만, 그것 또한 좋습니다."

공(쵸)의 개념.

모든 물질과 개념은 인과에서 벗어날 수 없으며, 한 극단은 홀로 존재할 수 없어 다른 극단과 공존한다는 개념이다.

쉽게 설명하자면, 가치적 판단이 각자가 중시하는 기준에 따라 달라지기에 그에 대한 결과를 부정적으로 봐선 안 된다는 말이다.

누군가에겐 파괴라 불릴 행동이, 다른 누군가에겐 새로운

무언가를 일으켜 세울 가능성으로 인지될 수 있다는 의미이
기도 했다.

"서로 관철(貫徹)해 보죠."

오미크론이 인자한 미소와 함께 외쳤다.

"각자의 정의를."

직후 곧게 세운 석장으로 땅을 세 번 두드리자.

무형(無形)의 세계(世界), 등활지옥(等活地獄).

보이지 않는 지옥이 눈앞에 펼쳐졌다.

위대한 일곱 혈족은 한때 제국을 지배했다.

그러나 몰락은 빨랐다.

인간들이 하나로 뭉쳐 들고 일어났으나 나찰들은 혈족 단
위를 유지할 뿐, 그 누구와도 공조하지 않았다.

굳이 협력하지 않더라도 인간들은 상대가 되지 않을 것이
라는 자신감에서 비롯된 행동이었다.

그러한 오만 때문이었을까?

위대한이란 칭호가 무색하게도, 위대한 혈족 모두 빠르게
무너져 갔다.

오미크론의 혈족 역시 멸망을 피할 수 없었다.

"키 4척이 넘는 나찰은 전부 죽여라."

불타는 마을.

위대한 모든 것의 말로는 허무할 뿐이었다.

오미크론은 그렇게 무사에게 잡혀 끌려갔다.

당시 오미크론은 태어난 지 10년밖에 되지 않았다.

인간 기준에도 어린아이였지만 나찰 기준에서는 갓난아기나 다름없었다.

키가 작은 덕에 목숨은 건졌으나 그에게 남은 것은 처참한 노예 생활이었다.

강철 침대에 포박당한 오미크론의 앞으로 톱을 든 남자가 걸어왔다.

"이 녀석은 뿔이 10개나 있네? 돈 좀 되겠어."

나찰의 뿔은 고가에 거래되었다.

수많은 제후가 나찰의 뿔을 용맹함의 증거로 모으고 싶어 했기 때문이다.

돈이 된다는 이유로 두개골이나 다름없는 뼈를 절제당했다.

오미크론은 뼈를 잘라 내는 고통에 점점 미쳐 갔다.

그리고 10번째 뿔마저 절단되던 날.

오미크론은 요술에 눈을 떴다.

무형의 검으로 무사들과 구속구를 전부 베어 낸 오미크론은 며칠을 쉬지 않고 달렸다.

처음에는 살아남아야 한다는 생각뿐이었다.

그렇게 잠도 자지 않고 달리기를 한참.

이름 모를 산으로 숨어든 그는 정신을 잃었고, 눈을 떴을 땐 작은 절의 내부였다.

"……!"

인간의 구조물.

황급히 몸을 일으킨 오미크론은 양손을 살폈다.

다행히 구속은 없었다.

"벌써 일어났네? 나찰이라 튼튼하구먼."

절 안으로 들어오는 한 승려.

오미크론은 반사적으로 무형의 검을 그에게 날렸다.

그러나 남자는 강기로 검을 튕겨 내며 미소를 지어 보였다.

"생명의 은인한테 다짜고짜 칼부터 날리면 쓰나."

"……."

오미크론은 으르렁거리며 뒤로 물러났다.

하지만 승려는 아무렇지 않게 죽을 내밀며 말했다.

"배고프면 신경이 날카로워지는 법이지. 아무리 나찰이라 도 아예 안 먹고는 못 산다고 들었는데."

승려의 말대로다.

오미크론 역시 한계에 다다른 상태였다.

그러나 경계를 늦추지 않았다.

"독은 없다. 봐라."

승려는 죽을 한 입 먹고는 오미크론 앞으로 밀어 넣었다.

"먹는 것도, 먹지 않는 것도 네 선택이다."

오미크론은 죽을 내려 보았다.

호의를 베푼다면 이를 이용할 뿐이다.

그러나 궁금했다.

이 사람은 왜 다른 종족을, 그것도 적대적인 종족을 도울까?

이에 대한 대답은 간단했다.

"난 그러고 싶으니까. 그리고 그럴 능력이 있으니까."

이상한 사람이었다.

"그럼 스님의 이름은 무엇인가요?"

"내 이름 말이냐?"

"은인의 이름은 알아야 하지 않겠습니까?"

"흐음, 이름은 버렸는데."

그리고는 잠시 고민하다 장난기 가득한 얼굴로 미소 지었다.

"일각이라고 부르거라. 내 친구들이 그렇게 불렀으니."

"일각이요?"

"내가 뿔이 있거든."

오미크론은 혹시나 해서 승려의 머리를 바라봤다.

하지만 인간에게 뿔이 있을 리가 없었다.

"없는데요."

"흐흐흐, 잘 생각해 봐라. 인간에게, 남자에게 뿔이 어디 있겠느냐?"

"……"

왜 파계승이 되었는지 알 것만 같은 사람이었다.

그때부터 오미크론은 일각과 함께 생활하며 그에게 가르침을 받았다.

"심명사에서는 왜 쫓겨나셨습니까? 뿔을 휘두르다 파계승이 된 겁니까?"

"뿔을 휘두르기는 무슨. 가끔 마을 여자들이랑 놀기도 하고, 비구니들을 희롱하기도 했지만 들킨 적은 없으니 그 때문은 아니겠지."

"……."

다신 한번 느끼지만, 일각은 괴짜였다.

그러나 뒤이어 괴짜의 입에서 흘러나온 말은 오미크론을 뒤흔들어 놓았다.

별난 행동거지와 달리, 일각의 깨달음은 망발로 치부할 수 없는 진짜였으니 말이다.

"내가 쫓겨난 건 강한 마음을 가지고 있어야 옳은 선택을 할 수 있다는 교리에 반론을 꺼냈기 때문이다."

"……당연한 말 아닙니까?"

"역시, 너도 같은 반응이구나."

"솔직히, 정론이지 않습니까?"

목적한 바를 이루기 위해 굳건한 마음가짐을 가져야 한다는 건 나찰인 자신이 듣기에도 마땅한 말이었다.

"네 말대로 정론이고, 교리에 틀린 점은 없다. 다만 내 생각은 그와 달랐지."

과연 옳은 선택이란 무엇인가?

그의 번민은 본질적인 교리에 의문을 품으면서 시작되었다.

"넌 옳고 그름을 구분하는 기준이 무엇이라 생각하느냐?"

일각이 과거에 느꼈던 의문을 던졌으나, 오미크론으로선 답할 수 없는 물음이었다.

"……모르겠습니다."

태어난 지 고작 10년밖에 안 됐는데 세상의 진리를 논하는 게 가당키나 할까.

그러니 대답을 고민할 필요는 없었고, 직접 저의를 묻는 게 최선이었다.

"판단의 기준이 무엇입니까?"

"없다."

"……네?"

전혀 예상치 못한 답변에 오미크론이 놀란 반응을 보였고, 일각은 예상했다는 듯 차분히 말을 이어 갔다.

"세상에 그른 일은 없다."

모두 다 옳은 일이다.

오미크론은 그 말을 이해할 수 없었다.

"말도 안 됩니다! 부모가 자식을 버리는 것도, 사익을 위해 타인의 것을 빼앗는 것도 옳다는 말입니까?"

"그들이 행복해지기 위해 행한 것이라면, 그 또한 의미가 있겠지."

"인간들이 나찰을 학살하는 것도 말입니까?"

"그 인간들에게는 옳은 일이겠지."

오미크론은 순간 울컥해 외쳤다.

"그럼 제가 복수를 한다고 하면 그것도 옳은 일입니까?"

"너에게는 옳은 일이겠지."

"궤변입니다! 그럼 선악을 구분하는 것 자체가 무의미한 일이지 않습니까!"

흥분해 외치는 오미크론과 달리, 일각은 여전히 미소를 유지하고 있었다.

"이렇게 생각해 보자. 만약 지금과 달리 가족들을 지켜 냈다면, 너는 뭘 했을 것 같으냐?"

"……아마도 축제를 벌였겠죠."

"그렇겠지. 인간의 마수로부터 소중한 존재를 지켰으니까. 탐욕을 품은 악인들이 잘못된 것이고, 그들을 징치했으니 정의로운 행동이었다며 스스로 자부심도 느꼈겠지. 그런데……."

그 순간 지금까지 일각의 입가에 유지되던 미소가 사라졌다.

뒤이어 흘러나온 한마디는 날카로운 비수가 되어 오미크론의 심중을 후벼 팠다.

"죽은 인간들의 가족도 그렇게 생각할까?"

"……."

오미크론은 어떠한 반론도 꺼낼 수 없었다.

인간들의 가족이 어떤 감정을 느끼게 될지는 이미 충분히 겪어 알고 있었으니까.

"정의라는 개념이 모두에게 동일하게 인식될 순 없다. 어느 한쪽만이 옳다고 인정해서도 안 되지."

가치 판단은 상대적일 수밖에 없고, 절대적으로 옳고 그름을 판단하는 것은 신의 영역이었다.

다만, 이를 인정하고 이해하는 데 그치면 세상엔 혼란과 무질서만 존재하게 될 것이었다.

그렇기에 단순히 마음의 단련을 강조하는 교리와 달리, 일각은 다른 방안을 떠올리게 된 것이다.

"네 정의가 그른 것이었더냐? 그리고 네 심지가 굳건했다면 소중한 이들을 잃지 않았을 것이라 장담할 수 있느냐?"

"……아닙니다."

단단한 마음이 상대의 위협으로부터 나 자신을 방어해 주지는 않을 테니 말이다.

"그러면 너의 정의를 지키면서, 나아가 관할기 위해서 필요한 요소가 무엇이라 생각하느냐?"

"힘입니다."

아무리 의지를 피력한들 세상은 바뀌지 않는다.

자신이 원하는 세상을 만들기 위에서는 그에 따른 힘이 필수 요소였다.

"정답이다. 힘이 있는 자만이 정의를 논할 수 있느니라."

일각은 미소로 답하며 자리에서 일어나 절에 현판을 걸

었다.

그것이 진혈사(眞血寺)의 시작이었다.

이후 일각과 오미크론은 각자의 정의를 실현시키기 위해 전심전력했고, 진혈사는 날로 번창해 갔다.

그러나 모든 순간이 순탄하진 못했다.

인간의 목숨은 유한했기에, 결국 일각은 100세를 넘기지 못하고 입적한 것이다.

그렇게 또다시 혼자만 남겨졌을 때에도, 오미크론은 진혈사를 잠시 떠났다 돌아오기를 반복하며 방장이 되기도, 일개 승려가 되기도 하며 진혈사를 지켜 냈다.

자신의 옳음을 증명하는 건 오직 무(武)로써 가능했기에.

◆ ◈ ◆

등활지옥(等活地獄).

칼날로 가득한 숲에서 죄인들이 서로를 죽고 죽여야만 하는 지옥이 앞을 가로막았다.

유아린은 눈을 감고 무형의 지옥을 바라봤다.

지옥의 무사들이 가득한 칼날 숲으로 달려드는 것은 자살 행위일 것이다.

그러나.

"가자, 아린아."

그녀가 움직이는 데는 말 한마디면 충분했다.

"나만 믿어."

언제나 의지하던 사람이 반대로 나를 의지하기 시작한다는 것.

그것만큼 행복한 순간이 있을까?

스스로가 괴물이라는 것을 알았을 때.

그래서 그토록 바라던 사소한 행복마저 얻을 수 없는 운명이라는 것을 깨달았을 때.

그녀는 세상을 원망했다.

그때 이서하가 구원이 되었다.

아린은 미소와 함께 몸을 돌려 서하에게 다가갔다.

얼굴을 잡고 입을 맞춘다.

네가 나에게 구원이었던 것처럼.

"내 등만 바라보고 따라와."

이번에는 내가 그의 구원이 되겠다.

유아린은 망설임 없이 칼날을 향해 몸을 날렸다.

'내가 인간이길 바랐다.'

아린은 사방에서 날아오는 칼날들을 무시했다.

티 하나 없이 깨끗하던 얼굴에 상처가 생기고, 칼날에 스친 다리는 성한 곳이 없다.

그러나 유아린은 단 한 번의 주저함도 없이 같은 속도로 나아갔다.

'괴물이 아니라고 믿고 싶었다.'

무형의 무사들이 아린을 향해 달려들었다.

오른쪽에서 휘어져 들어오는 검.

그대로 그것을 오른손으로 쳐 냄과 동시에 왼손으로 무사의 목을 잡아 반대편으로 던졌다.

수도 없이 달려드는 무사들.

유아린은 그들을 상대하면서도 결코 속도를 늦추지 않았다.

귀혼갑이 부서지더라도.

다리가 잘려 나가더라도.

그 어떤 상처도, 고통도 두렵지 않았다.

두려운 것은 오직 한 가지.

서하의 기대를 충족하지 못하는 것뿐.

'그러나 지금은⋯⋯.'

그 순간 눈앞으로 검이 날아들었다.

손과 발은 이미 다른 적을 상대하고 있다.

막을 수도, 피할 수도 없다.

그 순간 아린은 입을 벌려 날아오는 검을 깨물었다.

챙! 하는 소리와 함께 무형의 검이 부서졌다.

'괴물이기에 행복하다.'

보인다.

지옥의 끝에 숨어 있는 오미크론이.

◆ ◆ ◆

나찰을 이기기 위해서는 어떻게 해야 할까?

특히나 위대한 일곱 혈족을 만난다면 난 어떻게 싸워야
할까?

그 질문을 수도 없이 많이 했다.

낙월검법을 극성까지 익히는 방법도 있지만 내 재능은 처
참하다.

회귀 전에도 다른 무공을 통해 현 수준까지는 올라온 적이
있었다.

그때 얻은 깨달음으로 어떻게든 가까스로 수준을 맞춰 왔
으나 언젠가는 한계라는 벽에 부딪힐 것이다.

그때는 이 망할 재능이 다 까발려지겠지.

그러니 나에게는 만약을 대비한 또 다른 무기가 필요했다.

조금은 극단적이더라도 확실한 것으로 말이다.

그리고 나는 이미 그것을 가지고 있다.

'집중하자.'

사방에서 무형의 무사들이 달려들자 아린이는 온몸을 던
져 가며 이들을 막았다.

귀혼갑으로 막고, 때로는 맨살로 공격을 받아 가며 나를 오
미크론의 바로 앞까지 이끌어 주었다.

'집중해!'

스스로의 무력함에 치를 떨 새도 없다.

아린이가 피 흘려 가며 만들어 준 기회를 살리지 못한다면 나 자신을 용서할 수 없을 테니까.

이윽고 길고 긴 칼날 숲을 지나 오미크론이 보이기 시작했다.

혈극재신법(血極災神法), 선혈희(鮮血戱).

오미크론은 아린의 공격을 몸으로 받아 냈다.

역시나 생채기 하나 생기지 않는다.

그리고 오미크론의 석장이 아린이의 옆구리를 가격했다.

"컥!"

아린이가 날아가며 눈앞에 오미크론이 들어왔다.

"기다리고 있었습니다."

오미크론은 내가 올 것을 예상했다는 듯 손에 강기(罡氣)를 둘러 기다렸다는 듯이 내질렀다.

피할 수 없다.

아니, 피해서는 안 된다.

오미크론의 왼손이 나의 오른쪽 가슴을 파고들었다.

푹! 하는 소리와 함께 오미크론의 손이 몸속으로 들어오는 것이 느껴졌다.

"하아, 하아."

생각보다 아프지 않다.

나는 오미크론의 손을 양손으로 잡은 뒤 그를 올려 보았다.

지독하게도 승리가 거의 확정된 상태에서마저 무표정한

오미크론이었다.

"기습할 생각이었습니까? 여기까지 온 것은 대단합니다만, 그대의 뜻을 관철할 정도는 아닌 모양이군요."

"기습이 성공했다고 당신을 벨 수 있었겠습니까?"

"……자만은 하고 싶지 않지만 아마 당신은 저를 벨 수 없었을 겁니다."

"냉정하시네. 많이 노력했는데."

하지만 오미크론의 말대로다.

기습에 성공했다고 한들 지금의 내 경지로는 생채기 조금 내는 게 끝이었겠지.

이미 첫 일 합으로 그것이 증명되기도 했으니 변명의 여지가 없다.

'참 나. 한심하기 짝이 없기는.'

위대한 나찰님들을 상대로 인간들 사이에서도 평범하기 그지없던 내가 뭘 어떻게 하겠는가?

"그래도……."

그래도 아직은 마지막 무기가 남았다.

"아직 한 발 남았습니다. 스님."

그 순간 무언갈 느꼈는지 오미크론이 팔을 빼려 했다.

안 되지.

어떻게 만든 기회인데 이걸 날리겠는가?

나는 아린이의 뒤를 따라오며 갈고닦은 칼날을 꺼냈다.

혈인내멸신공(血刃內滅神功).

이멸나선(裏滅螺旋).

내기가 모든 기혈을 찢으며 오미크론의 몸속으로 들어갔다.

시야가 핏빛으로 물들며 칠공분혈(七孔噴血)이 시작되었다.

그러나 버텨야 한다.

나찰은 타고나기를 음기만 타고나며 자연에서 내공을 얻기에 기혈을 단련하지 않는다.

그러니 내 모든 기혈이 찢겨 터지는 한이 있더라도 버티기만 하면 이긴다.

"끄으윽!"

이윽고 오미크론의 눈에서 피눈물이 흘러나오기 시작했다.

쓰러져라. 쓰러져라. 쓰러져라!

하단전, 중단전, 상단전이 전부 터져 불구가 되어도 상관없다.

이길 수만 있다면.

내 목숨을 가져가도 좋다.

그 순간이었다.

"아무래도……."

평온한 목소리.

이것이 아무렇지 않단 말인가? 그렇게 놀라 바라본 오미크론은 미소를 지어 보였다.

인자한 미소.

목숨을 걸고 싸우는 적에게 보여 주는 것이라고는 믿을 수 없을 정도로 따듯한 미소였다.

"이번에는 당신이 옳았나 봅니다."

"……."

오미크론이 내 앞으로 쓰러져 온다.

나는 그 나찰의 몸을 받아 들었다.

그의 얇디얇은 몸은 무게가 느껴지지 않을 정도로 가벼웠다.

"……부디 필요한 살생만 해 주시길."

이겼다.

내가 위대한 일곱 혈족 중 하나를 죽였다.

닿을 수도, 아니 감히 올려 볼 수도 없던 하늘 위의 존재를 떨어트렸다.

나는 오미크론을 눕힌 뒤 가슴을 부여잡았다.

"하아."

나는 미련 없이 눈을 감은 오미크론에게로 시선을 돌렸다.

"미안하게 됐습니다."

원래 역사대로라면 이 세상은 나찰의 것이 된다. 나는 비겁하다면 비겁한 방법으로 미래를 뒤튼 것이다.

책임은 져야겠지.

"당신이 원하는 대로 필요한 살생만 하도록 하겠습니다."

학살은 나도 원하지 않는다.

물론 그러기 위해서는…….

"일단 살아남아야지."

그 순간, 나는 역류하는 피를 토해 냈다.

손으로 채 받을 수 없을 정도의 양.

"아이씨."

이번에는 진짜 죽겠는데?

그 생각과 함께 의식이 끊겼다.

Chapter 101.

Chapter 101.

눈을 떴을 때는 아직도 밤이었다.

밝은 달이 하늘 위에 떠 있고 그 밑으로 아린이의 얼굴이 보였다.

황홀할 정도로 아름답다.

은은하게 비치는 달빛에 백발이 반짝인다.

거기에 대조되는 분홍빛 입술이 비현실적으로 고혹적이었다.

"예쁘네."

나도 모르게 그런 말이 나왔다.

아린이는 미소와 함께 내 이마를 쓰다듬었다.

"이제 알았어?"

"……."

왜 민망함은 나의 몫인가?

심장이 마치 첫사랑을 다시 본 것처럼 미친 듯이 뛰었다.

이 정도면 기혈도 정상으로 돌아왔다고 보는 게 맞다.

'적오의 심장이 열심히 일했나 보네.'

오미크론의 손에 꿰뚫린 가슴은 물론 찢어진 기혈도 어느 정도는 아물어 있었다.

이거 완전 인간 폭탄이다.

이러다 적오의 심장이 파업해 버려서 그냥 죽는 거 아니야?

'미친 주인 놈아! 나 안 해!' 하면서 말이다.

'그래도 어쩔 수 없지.'

개죽음보다는 동귀어진이 나으니 말이다.

"오미크론은 어떻게 했어?"

"저기……."

아린이는 시선을 돌렸다.

그녀의 시선 끝에는 쓰러진 오미크론과 그 앞에서 흐느껴 울고 있는 진승이 보였다.

나는 힘겹게 몸을 일으켰다.

그가 남아 있는 한 심명사와의 대립은 계속될 것이다.

후환을 남겨 둬선 안 된다.

그때 방장 스님이 내 옆으로 다가왔다.

"살생은 여기서 마무리 짓는 게 어떻겠습니까?"

"······괜찮으시겠습니까? 진승이 살아 있다면 무슨 일을 벌일지 모릅니다."

"누군가는 진혈사의 남은 이들을 지켜야 하지 않겠습니까?"

"······."

진혈사 역시 사찰로서 궁핍한 자들을 보호해 주고 있었다.

방장은 물론 무승들마저 다 죽은 지금 진승까지 죽는다면 진혈사에 의탁하고 있는 모든 이들이 위험에 빠질 것이었다.

"진승을 죽인다는 건 그들 또한 죽이는 것과 마찬가지입니다. 그리고······."

방장 스님은 쓸쓸하게 진승을 바라보며 말을 이었다.

"모든 일은 심명사로 인해 비롯된 일이었으니까요."

방장 스님은 고해 성사를 하듯 말을 이어 갔다.

황자 저하, 신정 스님이 방장이 되기 전 심명사는 과도기를 겪고 있었다.

심명사라는 이름으로 시주를 강요했으며 심한 이들은 돈과 색까지 요구했다.

"부동심법을 익힌 자들이 말입니까?"

"부동심법을 제대로 익힌 자가 얼마나 있었겠습니까? 지금도 그 수가 적은데."

그러던 중 진혈사의 승려와 시비가 붙었다.

"진혈사의 승려는 정의를 관철한다며 심명사의 승려를 때려죽였지요."

이윽고 전쟁이 시작되었다.

심명사의 무승들은 몰려가 진혈사의 승려를 죽였고 그가
바로…….

"진승의 형이었습니다."

그것이 진승이 지금까지도 심명사를 용서하지 못하는 이
유였다.

"제가 방장이 되고 나서는 모두 엎어 버렸지만, 이 또한 모
두 심명사와 진혈사가 벌인 만행의 업이겠지요."

방장 스님은 고개를 숙였다. 과거로부터 쌓여 온 모든 업
보가 이 거대한 비극을 만든 것이었다.

"더 이상 피를 흘리지 않을 수 있도록 도와주실 수 없겠습
니까?"

방장 스님의 부탁이 있었지만 고민될 수밖에 없는 문제다.

진승을 죽이는 것이 옳을까?

아니면 살리는 것이 옳을까?

그때 하나의 음성이 귓가에 맴돌았다.

- 부디 필요한 살생만 해 주시길.

오미크론이 죽기 전 마지막으로 남긴 당부.

처음 그 말을 들었을 땐 나를 향한 충고로만 생각했다.

하지만 고민을 거듭해 보니, 그 유언은 나에게만 해당하는

말이 아니었다.

"잠시 실례하겠습니다."

나는 진승을 향해 걸어갔다.

"일각 대사는 저에게 무의미한 살생을 하지 말아 달라 하셨습니다."

조용히 눈물을 흘리던 진승이 나를 올려 보았다.

"그러니 당신을 죽이지 않겠습니다."

"……."

진승은 오미크론에게로 시선을 돌렸다.

"당신 또한 심명사에 대한 분노를 거두고 살아가길 바랍니다. 앞으로 서로가 챙길 사람이 많으니까요. 일각 대사님의 말대로 무의미한 살생은 지양해야 하지 않겠습니까? 이미 서로 너무 많은 피를 흘렸으니까요."

가만히 생각하던 진승은 묵묵히 고개를 끄덕였다.

"그것이 일각 대사님의 말씀이라면……. 따르겠습니다."

스승을 잃은 눈빛. 나 또한 진승과 같은 상황에 처한 적이 있기에 알 수 있었다.

그 어떤 말도 위로가 되지 않겠지.

특히나 적에게서 나오는 말이라면 더더욱.

그렇기에 나는 아무 말 없이 몸을 돌렸다.

이윽고 친구들에게 도착하자 가장 먼저 백기가 달려 나왔다.

"선인님!"

존경 가득한 눈빛.

회귀 전에는 친구가 아니라 큰형 같았던 놈이 저런 표정을 지으니 뭔가 부담스럽다.

"대단합니다! 저 나찰을 이기다니. 아니, 그보다 몸은 괜찮으십니까? 상처가 엄청 커 보였는데 말입니다."

"괜찮습니다."

"감동했습니다. 역시 하늘이 내린 재능이시군요."

그건 너나 상혁이한테 해당되는 말이고.

"너무 띄워 주시는 거 아닙니까?"

"띄우다니요? 제가 말솜씨가 부족해 다 표현을 못 해서 그렇지 정말 존경합니다."

흥분해 양손으로 내 손을 잡아 드는 백기였다.

하지만 그럴수록 더욱 착잡한 마음만 든다.

"그보다 동료들이 다 죽어서……."

지금 죽지 않아야 할 사람들이 다 죽어 버렸다. 나로 따지자면 친구들을 모두 잃고 겨우 살아남은 꼴이다. 지금은 저렇게 웃고 있지만 속은 썩어 문드러질 것이다. 남겨진 자의 슬픔은 누구보다 내가 잘 알고 있다.

"죄송합니다. 나찰이 있을 거라 예상하지 못했습니다."

"선인님의 잘못이 아닙니다. 저희가 약했을 뿐."

백기는 동료들을 모아 놓은 곳으로 시선을 돌렸다.

"어차피 칼로 벌어먹고 사는 인생. 언제 가도 이상하지 않

습니다. 그래도 역사에 남을 전투에서 죽은 것이니 우리 같은
놈들에게는 영광이죠."

"······죄송합니다. 약속한 값은 반드시 잘 치러 드리겠습
니다."

백기는 씁쓸하게 고개를 끄덕였다.

용병에게 보일 수 있는 최대의 예의는 돈이다.

이번 일은 내가 고용한 것이라고 봐도 무방했으니 후하게
쳐줘야겠다.

그때 소은이가 앞으로 걸어 나왔다.

"저······ 감사합니다. 제 억지를 들어주셔서."

"방장님 억지이기도 했습니다. 그리고······."

나는 소은이의 머리에 손을 올렸다.

"한 번은 당신 부탁을 들어주고 싶었습니다."

진소은이 나를 올려 본다.

'한 번도 행복하게 못 해 줬으니까.'

이번 생에라도 그녀가 원하는 걸 해 줄 수 있어 다행이다.

그 순간 뒤에서 누군가가 나를 잡아끌었다.

"몸도 낫지 않았으면서 일어나 돌아다니지 마."

아린이였다.

뭔가 소은이랑 대화할 때만 이렇게 크게 반응하는 것만 같다.

이게 바로 여자의 감인가?

"그럼 슬슬 출발하지. 주지율, 박민주, 정이준, 그리고 김

채아."

"네?!"

김채아가 화들짝 놀라며 나를 바라본다.

갑자기 존댓말을 하며 깍듯하게 행동하는 것이 뭔가 위화
감이 느껴진다.

"멀쩡한 마차 좀 구해 와. 상혁이도 실어야 하고 나도 실어
야 하고……."

순간 무릎에 힘이 빠진다.

아린이가 잡아 주지 않았다면 쓰러지지 않았을까?

"괜찮습니까?"

어느새 앞으로 다가온 김채아가 민망한 얼굴로 손을 거두
고 있었다.

잡아 주려고 한 건가?

그래도 이제 광명대원 다 된 모양이다.

대장도 챙기고.

"괜찮아. 아무튼 부상자들은 마차에 태워서 이동해야 하니
까 최대한 빨리 구해 오도록."

멀쩡한 게 있을지는 모르겠지만 말이다.

"넵!"

그렇게 대원들이 사라지고 나는 오미크론의 시체를 안고
사라지는 진승을 돌아봤다.

'정말 끝이네.'

위대한 일곱 혈족과의 전초전은 그렇게 끝이 났다.

◆ ◈ ◆

요령까지 오는 데 계속 잠만 잔 거 같다.

적오의 심장은 상처만 치유해 줄 뿐 몸에 축적된 피로는 풀어 주지 않는다.

덕분에 오랜만에 아주 푹 쉴 수 있었다.

합법적인 휴가라고나 할까.

그렇게 먹고 자고 먹고만 반복한 우리는 요령의 관문을 넘어 주도인 심수시(深水市)에 도착할 수 있었다.

"환영합니다, 광명대 여러분. 그리고 심명사 여러분들."

영주인 여옥비가 직접 마중을 나와 맞이해 주었다.

심수시는 전과는 완전 딴판이었다.

다 죽어 가던 도시는 다시금 왕국과 제국을 이어 주는 교두보 역할을 하고 있었다.

"상인들이 많네요?"

"현 제국에서는 유일하게 안전한 지역이라는 소문이 나서 상인들이 많이 오고 있어요. 게다가……."

여옥비는 철물점을 가리키며 말했다.

"은악상단에서도 좋은 물건을 많이 들여오고 있고요."

은악상단이 제국이랑도 거래하고 있었어?

몰랐던 사실이다.

상단 일은 전부 변승원이랑 이정문에게 맡겨 놓고 있었으니 말이다.

제국까지 진출은 또 언제 했데?

역시 내가 사람 볼 줄 안다니까.

도시를 잠시 둘러본 나는 방장 스님과 함께 여옥비를 따라 접견실로 향했다.

가장 중요한 면담을 할 차례였다.

"미리 언질을 주셨다면 가실 때도 충분한 지원을 드렸을 텐데요."

"은밀하게 진행해야 했었습니다."

결과적으로는 정보가 아주 줄줄 새고 있었지만 말이다.

"그럼 저에게 할 중요한 말이란 게 무엇인가요?"

"황제 폐하가 암살당한 것은 들으셨겠죠?"

"듣기 싫어도 들을 수밖에 없었죠."

여옥비는 한숨을 내쉬었다.

"죄송합니다. 답답해서 그만. 황제 폐하는 물론 대를 이을 정통성 있는 후계자마저 전부 죽었다고 하더군요. 이 나라가 어찌 될지……."

"후계자는 있습니다."

"……네?"

"여기 계십니다."

여옥비는 당황한 듯 나를 바라봤다.

"선인님이 황자 저하였습니까!"

"……."

"어쩐지. 예사롭지 않은 사람이라 싶었습니다. 정말 굉장하군요! 선인님 같은 분이 제국의 지존이 된다면 그것만으로도 제국은 태평성대를 맞이할 것입니다!"

완전 잘못 짚었다.

나는 일어나서 열변을 토하는 여옥비를 바라봤다.

저렇게까지 기뻐하면 사실을 말하기가 민망해지잖아.

그렇다고 황자를 사칭할 수는 없지.

나는 헛기침을 하며 여옥비를 진정시켰다.

"아뇨, 전 뼛속부터 왕국 사람입니다."

"네? 그럼 황자 저하는……."

여옥비의 시선이 자연스럽게 방장 스님에게로 향했다.

"여기 신정 스님이 바로 마지막 남은 후계자입니다."

"……."

여옥비는 믿을 수 없다는 듯 방장 스님과 나를 번갈아 보았다.

믿기지 않겠지.

나도 처음에는 믿을 수 없었다.

하지만 부동심법을 극한까지 익혀 방장이 된 신정 스님이 거짓말을 할 리도 없었다.

"아……. 이게 농담으로 삼을 만큼 가벼운 일은 아니니 그렇다고 믿겠습니다."

여옥비는 잠시 놀란 가슴을 진정시킨 뒤 말을 이어 갔다.

"하지만 믿지 못하는 자들도 많을 것입니다."

"그렇겠지요."

방장 스님이 처음으로 입을 열었다.

"그래서 몇 가지 증거를 가져왔습니다."

방장 스님은 보따리에서 책 한 권을 꺼냈다.

"심명사의 모든 일을 기록한 책입니다. 여기에 황제 폐하께
서 저를 맡기신 내용이 적혀 있으며 옥새도 찍으셨습니다."

옥새까지 찍혀 있으니 조작이라고 할 수도 없다.

이를 확인한 여옥비는 침을 꿀꺽 삼키고는 바로 바닥에 엎
드렸다.

"요령성의 성주 여옥비가 황자 저하를 뵙습니다!"

"저도 성주님을 뵈어 영광입니다."

같이 절하는 신정 스님.

그러자 이를 확인한 여옥비가 바닥을 파고 들어갈 기세로
머리를 찧었다.

"아이고! 저하. 그러지 마십시오."

이거 제후들 오기 전에 교육할 게 너무 많을 거 같다.

"일단 두 분 다 일어나시죠. 대화 안 끝났습니다. 황자님부
터 빨리."

"선인님이 그러길 원하신다면야."

신정 스님이 일어나고 나서야 여옥비가 겨우 고개를 들고는 가슴을 쓸어내렸다.

한바탕 소동이 지나가고 나는 자리에 앉은 여옥비에게 다음 계획을 말했다.

"황자 중심으로 제후들을 모을 생각입니다. 요령성이 그 중심이 되어 줬으면 합니다."

"그, 그리하겠습니다."

"일단 친제국파 제후들을 알고 계십니까?"

"그건 관리들을 모아 물어보면 알 수 있을 것입니다. 전 영주가 된 지 얼마 되지 않아……."

"그 정도면 충분합니다. 일단 친제국파 제후들에게 황자 저하를 확보했음을 몰래 전달해 주세요. 모두를 모은 뒤 이 기록을 공개하면 믿을 수밖에 없을 겁니다."

확실한 증거가 있는 만큼 황자 저하에 대한 정통성도 입증 가능할 것이다.

"신정 스님은 그동안 권력자로서의 위엄을 갖추셔야 합니다."

"그리하겠습니다."

위엄에도 종류가 있다.

권력으로 찍어 누르는 것이 아니라 인간으로서의 격이 다름을 보여 주는 것이 더 수준 높은 위엄이라고 할 수 있겠지.

심명사의 방장인 신정 스님이라면 가능할 것이다.

"은밀하게 행동하십시오. 정보가 어디서 샐지 모릅니다."

"네, 믿을 수 있는 사람들로 구성하겠습니다."

"그럼 그렇게 진행하도록 하겠습니다. 황자 저하는……."

"제가 모시겠습니다. 따라오시죠."

여옥비도 눈치가 빨라 좋다.

신정 스님과 여옥비가 밖으로 나가고 나는 그제야 등받이에 기대며 쉴 수 있었다.

"하아, 힘들었다."

그나저나.

지금까지는 정신이 없어 생각하지 못했는데 도대체 어디서 정보가 샜을까?

'세작을 심어 놓았나?'

아니지.

내가 어디론가 떠난다는 건 알았어도 제국으로 향하는 걸 알았던 사람은 단 세 명뿐이었다.

신유민 전하.

백성엽 대장군.

정해우 문하시중.

'에이, 설마…….'

신유민 전하가 나를 배신할 리는 없다.

은월단에서 그토록 죽이고 싶어 하던 인물이니까.

백성엽 대장군 역시 배신자는 아니다.

너무 고지식해서 그렇지 그만큼 왕국만을 생각하는 사람

은 또 없다.

그렇다면 남는 건 단 한 사람.

정해우 문하시중이다.

'아니, 아무리 그래도 신유민 전하랑 그렇게 오래 붙어 다닌 사람인데 설마……'

애써 아니라고 부정해 보지만, 느낌이 너무나도 싸하다.

은월단이 오랫동안 준비하지 않은 작전이 있었던가?

'일단 편지라도 써 볼까?'

나는 신유민 전하에게 보낼 편지를 작성하기 시작했다.

제발 내 생각이 기우로 끝나기를 바라면서 말이다.

이서하의 편지를 읽은 신유민은 표정을 굳혔다.

- 제가 제국으로 가는 정보가 샜습니다. 정해우 문하시중에게 후암을 붙여 그의 일거수일투족을 감시해 주시길 바랍니다.

'해우한테?'

아무리 서하라고 하더라도 이는 쉽게 받아들일 수 없는 간언(諫言)이었다.

하지만 이서하다.

미래를 훤히 보면서 움직이던 바로 그 이서하.

신유민은 손가락으로 팔걸이를 두드리다가 자리에서 일어났다.

"정해우 문하시중은 입궁했느냐?"

"삼 일 전부터 병가(病暇)로 나오지 않으셨습니다."

"……병가?"

불안하다.

맥박조차 너무나도 기분 나쁘다.

"백성엽 장군을 불러라. 문하시중을 보러 가야겠다."

그렇게 정해우의 집에 도착한 신유민은 직접 대문을 열어가며 안으로 들어갔다.

"저, 전하! 여긴 어쩐 일로……!"

"비켜라!"

그렇게 정해우의 서재를 열어젖힌 신유민은 주먹을 쥐었다.

소름 돋을 정도로 깔끔하게 정돈된 책상.

그 위에는 하얀 종이 한 장이 벼루 밑에 깔려 있었다.

신유민은 천천히 책상 앞으로 가 종이를 들어 보았다.

"뭐라고 적혀 있습니까? 전하."

"……읽어 보시게."

신유민이 건넨 종이에는 단 세 글자만이 적혀 있었다.

사직소(辭職疏).

정해우가 사라졌다.

◆ ◆ ◆

정해우는 일각마(一角馬)를 타고 북대우림을 가로지르고
있었다.

수도에서 가장 가까우면서도 인간은 들어올 수 없는 금단
의 구역.

그곳에 나찰의 마을이 있었다.

약 200여 명의 나찰이 살아가는 작은 마을. 정해우는 마을
입구에 들어섬과 동시에 환영받았다.

"선생님. 오셨습니까?"

정해우는 어린 나찰을 보고는 미소 지었다.

선생(先生).

처음 나찰들에게 자신을 소개할 때 썼던 호칭이었다. 그것
이 굳어져 은월단의 이들 또한 선생이라고 불렀지만.

"모두들 도착했습니까?"

"네, 안에서 기다리고 있습니다. 제가 안내해 드릴게요."

어린 나찰의 안내를 받아 이동한 곳은 작은 오두막이었다.

그 안에는 세 명의 나찰이 심각한 얼굴로 서로를 노려보고
있다.

그중 한 명은 익숙한 얼굴이었다.

람다.

그녀는 선생을 발견하자마자 눈을 부라렸다.

"뭐야? 당신이 선생이야?"

"네, 은월단의 정해우라고 합니다."

"호오."

람다 입장에서는 처음으로 얼굴을 마주하는 것이었다.

"아주 바쁜가 보네? 이제야 얼굴을 보여 주고."

선생은 굳이 대답하지 않고 빈자리에 앉았다.

람다의 투정을 다 받아 주다 보면 한도 끝도 없을 것이다.

"모두들 앞으로는 자주 볼 수 있을 겁니다. 직장을 그만두어서 말이죠. 서로들 인사는 하셨나요?"

"저런 양 뿔이랑은 인사할 가치도 없다."

"뭐?!"

정해우는 차갑게 말하는 남자를 돌아봤다.

시그마.

같은 위대한 일곱 혈족 중 한 사람.

그는 거대한 체구를 가지고 있었으며 이마에는 칼날과도 같은 뿔 3개가 돋아나 있었다.

위대한 일곱 혈족은 사이가 좋지 않다.

인간으로 따지면 패권을 두고 평생을 경쟁해 온 강대국이나 마찬가지이니 말이다.

하지만 지금까지도 사이가 나쁜 건 좋은 신호가 아니었다.

"거기까지······."

"그만들 해라."

정해우의 말을 끊은 것은 반대편에 앉은 젊은 나찰이었다.

그의 이름은 로.

소라게의 껍질과 같은 뿔을 가진 그는 눈을 감은 채 말을 이어 갔다.

"오미크론이 죽었다."

"······."

람다와 시그마가 동시에 로를 바라봤다.

"그걸 말하러 온 것이 아닌가? 선생."

시그마와 람다의 시선을 받은 정해우는 씁쓸한 얼굴로 고개를 끄덕였다.

오미크론이 죽었다.

그 소식을 듣자마자 수도를 빠져나온 것이 바로 정해우였다.

"그렇습니다. 오미크론이 졌습니다."

"잠깐. 나 이해가 안 되는데?"

람다는 당황해 로와 정해우를 번갈아 보았다.

"아무리 오미크론이 인간 종교에 빠져서 맹해졌다고 해도 그렇게 쉽게 죽을 애는 아니잖아. 안 그래?"

그러나 정해우와 로는 침묵으로 일관할 뿐이었다. 람다는 두 사람을 번갈아 보며 이것이 질 나쁜 농담이 아님을 깨달았다.

그렇다면 누구인가?

도대체 누가 오미크론을 죽일 수 있단 말인가?

그때 한 사람이 그녀의 머릿속을 스쳐 지나갔다.

"이서하. 그놈이지?"

정해우의 표정에 미묘한 변화가 있음을 감지한 람다가 이를 악물었다.

고작 인간 하나 때문에 대업을 그르치는가.

"알파가 너 머리 좋다고 하던데 그런 것도 아닌가 봐? 항상 그놈에게 당하기만 하고."

"……생각해 보니 항상 당하긴 했네요."

정해우는 깔끔하게 인정했다.

이서하는 항상 한 발자국 앞에 있었다.

처음 그가 황자에 대해 이야기했을 때도 뒤통수를 강하게 맞은 느낌이었다.

'황자의 존재를 어떻게 알았을까?'

오랫동안 제국과 왕국의 몰락을 계획했던 자신조차 알 수 없었던 정보였다.

그런데 황자라니.

이서하가 허튼소리를 할 리가 없다고 생각한 정해우는 제국에 있는 나찰에게 다시금 자료 조사를 요청했다.

아니나 다를까.

이서하의 말대로 과거 황제가 병약한 아들을 심명사에 맡긴 기록이 남아 있었다.

이에 정해우는 진혈사에 있는 오미크론에게 서신을 보냈다.

일이 잘 풀린다면 황자를 죽임으로써 제국의 혼란을 도모하는 것과 동시에 이서하까지 제거할 절호의 기회였다.

그러나 이번에도 조금 모자랐던 모양이다.

'위대한 일곱 혈족마저 패배할 줄이야.'

아무리 이서하와 광명대가 대단하다고 한들 아직은 오미크론의 적수는 아닐 거라고 확신했건만.

'하늘이 그를 돕는가?'

잠시 푸념도 했지만 지나간 일을 후회해도 바뀌는 건 없다.

패배는 뒤로하고 변화한 상황에 맞춰 새로운 계획을 만들어야만 한다.

하지만 람다는 책임 소재를 더 묻고 싶은 모양이었다.

"이렇게 된 이상 우리가 네 말을 더 들을 필요는 없을 거 같은데? 안 그래, 선생? 게다가 너는 인간이잖아. 우리가 굳이 하등 종족의 명령을 따라야 해?"

시그마는 팔짱을 낀 채 아무런 말이 없었다.

람다의 말도 일리가 있다.

어쨌든 이것은 나찰의 싸움.

인간이 지휘권을 가지고 있는 것이 마음에 안 들 수 있다.

그렇다면…….

"그렇다면 스스로 하시면 됩니다."

정해우의 말에 람다는 콧방귀를 뀌었다.

"너 말투가 좀 그렇다? 감히 나랑 해보겠다는 거야?"

"람다."

이를 보다 못한 로가 람다를 말렸다.

"여기까지 온 것도 다 저 인간 덕분이다. 언행에 신중을 기하도록 해라."

"……내가 뭐 틀린 말 했나?"

정해우는 로에게로 시선을 돌렸다.

겉으론 젊어 보이지만 나찰의 나이는 생김새로 구분할 수 없다.

로는 위대한 일곱 혈족 중에서도 가장 나이가 많은 존재로 오만한 람다마저 그의 앞에서는 얌전해질 정도였다.

그가 중재해 준다면 큰 도움이 된다.

"앞으로는 어떻게 할 생각인가? 선생."

"지금까지와 같습니다. 사소한 전투는 계속될 겁니다. 이 왕국에는 아직도 무신이 존재하며 이서하도 무시할 수 없으니까요. 하지만 전 언제나 당신들에게 유리한 판을 깔아 줄 것입니다. 그 유리한 판을 이기느냐, 지느냐는 당신들에게 달린 일이죠."

정해우가 할 수 있는 일이라고는 판을 까는 것뿐.

실제로 전투를 벌여 승리해야 하는 건 나찰의 몫이었다.

"잠깐. 그 말은 우리가 못해서 네가 실패했다고 하는 거 같은데?"

"아뇨. 조금 잘못 이해하셨습니다."

정해우는 람다의 오해를 정정해 주었다.

"당신들이 똑바로 못하면 앞으로도 질 거란 얘기입니다."

"이 새끼가. 내가 알파 봐서 그냥 넘어가려고……."

"알았네. 똑바로 하지."

람다가 흥분하는 순간에도 로는 평온하게 정해우의 말을 따랐다.

"그만하면 람다도 알아들었을 테니 이만 본론으로 들어가지."

"그러죠. 제국에서의 일은 절반의 성공이라고 볼 수 있습니다."

바꿔 말하면 절반의 실패지만 말이다.

"제국의 내란은 쉽게 끝나지 않습니다. 황자가 있다고 한들 몇몇 제후들은 스스로 왕이 되기 위해 전쟁을 지속하겠죠. 황자의 정통성도 계속 의심할 겁니다. 그사이 우리는 일단 왕국부터 무너트리죠."

정해우가 세운 계획의 첫 번째 단계는 힘을 쌓아 대륙으로 진출하기 위해 왕국을 나찰의 것으로 만드는 것이었다.

"그것도 쉽지 않을 거 같은데."

"맞습니다."

정해우는 고개를 끄덕였다.

원래 계획대로라면 신태민이 왕이 되고 대가문들은 분열

하며 속이 검은 정치가들에 의해 진짜 무사들이 천시되는 상황이 왔어야만 한다.

하지만 신유민이 왕위에 올랐고 이서하가 군단까지 개편하면서 왕국의 전력은 전보다 강해졌다.

이런 상황에서 왕국을 무너트리는 방법은 단 하나.

"그러니 우리도 전력으로 붙어야 합니다."

"전력이라면?"

"제국에 있는 분들까지 내려와야겠죠."

왕국을 나찰의 나라로 만들 수 없다면 제국 진출 또한 어차피 불가능하기 때문이었다.

"그 전에 몇 가지 준비를 할까 합니다. 전쟁에서 가장 소중한 전력이 무엇인지 아십니까?"

"지휘관들인가?"

"아닙니다."

정해우는 지도를 펼치고는 어느 한 지역을 가리켰다.

"군의관(軍醫官)이죠."

양천(楊川).

약선 허운의 고향이자 이 나라 의술의 중심지.

"양천을 먼저 파괴해야 합니다."

"좋아. 그럼 그곳엔 내가 가도록 하지."

정해우는 미소와 함께 고개를 끄덕였다.

"네, 람다 님과 시그마 님은 다른 곳에서 작전을 진행해 주시면 감사하겠습니다."

"다른 곳에서? 양천이 중요하다며?"

"가장 중요하다고 했지 다른 곳이 중요하지 않다고 한 적은 없습니다. 그리고 무엇보다⋯⋯."

정해우는 이서하를 떠올린 뒤 작게 한숨을 내쉬었다.

패배를 인정한다.

너는 뛰어나다.

그러나 어차피 한 사람이 할 수 있는 일은 정해져 있다.

"이서하 혼자 세 곳을 막을 수는 없지 않겠습니까? 그럼 일단 로 님에게 작전의 내용부터 알려 드리겠습니다. 다른 분들은 조금만 기다려 주시길 바랍니다."

그렇게 정해우가 자리에서 일어날 때였다.

"야, 하나만 물어보자."

"말씀하시죠."

"너는 왜 인간을 멸망시키려고 하는 거야?"

람다는 아무리 생각해도 이해되지 않는다는 표정이었고, 티는 내지 않았지만 한곳에 자리한 시그마 역시 은근하게 대답을 기다리고 있었다.

"문하시중이니 뭐니 높은 관직까지 차지했으면 나름 괜찮은 인생이잖아? 그런 네가 나찰 편에 붙어서 좋을 게 없을 거 같은데. 이유 좀 알려 줘라. 왜 나찰을 돕는 거야?"

나찰을 돕는 이유.

그 이유는 명확했다.

정해우는 생각할 것도 없다는 듯 즉답했다.

"인간은 조화를 모릅니다."

인간은 욕심이 너무 많아 그 어떤 존재와도 조화롭게 살 수 없다.

심지어 같은 인간끼리도.

"우리는 지배자가 아닙니다."

정해우는 씁쓸하게 말했다.

"파괴자죠."

그러니 멸망해야 한다.

인간들이 다른 모든 것을 파괴하기 전에.

정해우는 그렇게 다음 계획으로 나아갔다.

◆ ◈ ◆

요령에서의 며칠이 지났다.

"정말로 황자 저하께서 살아 계시다니……."

"확인을 했다면 바로 엎드리지 못할까?"

"저하!"

제후들은 감격스러운 얼굴로 엎드렸다.

물론 그 대상은 이준이였다.

"그래, 이렇게 한달음에 달려온 충정을 높이 사 조금의 무레는 내 용서하도록 하마."

"성은이 망극하옵니다!"

이준이가 손을 잡아 주자 눈물까지 흘린다.

둘 다 연기력 하나는 끝내준다.

근데 왜 항상 이준이가 연기하는 황자는 망나니야? 저놈
머릿속의 권력자는 다 저런 모습인가?

어쨌든 이 난리 통에도 제후들은 직접, 혹은 자식들을 보내
가며 황자를 확인하려 했다.

이들 모두 엄청난 충신이라 그런 것은 아니다.

황자 저하 옆에 딱 달라붙어 공신이라도 될 생각이겠지.

하지만 적당한 야망은 오히려 환영이다.

그래야만 더 필사적으로 제국의 재건을 위해 싸워 줄 테니
말이다.

게다가 이준이가 연기하는 망나니가 잘 먹히고 있는 것만
같았다.

'딱 봐도 멍청해 보이잖아.'

정치를 배운 적 하나 없는 치기 어린 황자.

제후들 입장에서는 이용하기 좋은 성격으로 보일 것이다.

일단 정통성 있는 허수아비를 세워 놓고 그 이후에 자기들
끼리 2차전을 벌일 생각을 하고 있겠지.

어찌 됐든 생각보다 일이 잘 풀렸다.

요령을 중심으로 제국 남부의 제후들은 모두 충성을 맹세

했고 이는 신정 스님을 위한 방패막이 되어 줄 것이었다.

하지만 방심할 수는 없는 법.

언제 나찰이 황자의 정체를 알아내고 암살자를 보내올지 모르니 최대한 안전한 곳에 신정 스님을 모셔야 했다.

"황자 저하를 심수시에 모실 수는 없습니다."

내 말에 각지에서 모인 제후들이 격하게 고개를 끄덕였다.

"맞습니다! 요령은 아직 너무 약합니다. 저희 성으로 가시지요! 분골쇄신으로 모시겠습니다!"

"안 됩니다. 저런 시골에 모시는 게 말이나 됩니까? 천자란 본디 그 격에 맞는 곳에 있어야 하는 법. 남부의 수도라고 할 수 있는 저희 성으로 모시겠습니다."

아주 서로 데려가겠다고 난리가 났다.

결국 일이 잘 풀려 제국을 재건한다면 황자를 데리고 있는 쪽이 권력을 잡을 테니 말이다.

하지만 이거 미안해서 어쩌나.

황자 저하를 모실 곳은 따로 생각해 놓은 곳이 있는데.

"심수시에서 모실 수 없다고 했지 요령에서 모시지 않겠다고 한 건 아닙니다."

그러자 제후들이 모두 나를 노려보았다.

"불가합니다! 요령은 무사들이 부족하지 않습니까?"

"아니, 무사들만 부족합니까? 고수들의 수준도 터무니없이 낮습니다."

그러던 중 원남성의 성주가 말했다.

"황자 저하를 구출해 주신 점은 재차 감사를 드려도 부족할 겁니다. 하지만 이 이상 간섭하는 건 좌시할 수 없군요. 제국 일은 저희가 알아서 할 테니 선인님께서는 이만 왕국으로 돌아가 주시겠습니까?"

공손한 어투와 달리 두 눈에선 적의가 흘러넘친다.

이름도 기억 안 나는 놈은 처음부터 나에게 적대적이었다.

물론 이해가 안 되는 건 아니다.

자기 안방에 허락도 없이 들어와 황자를 빼 갔으니 말이다.

'황자의 은인이 될 기회를 나 때문에 놓쳤다고 생각하겠지.'

지 살기도 바쁜 놈이 내 말은 들어줬을까?

어쨌든 이놈들의 요는 그거다.

"그러니까 충분히 황자를 보호할 여력이 있다면 요령성에서 모셔도 된다는 거 아닙니까? 그렇다면……"

"하지만 그러려면 화경, 아니 그 화경 완숙에 다다른 고수가 필요할 것입니다."

"요령성에 그런 고수는 없습니다."

무슨 말만 하면 사방에서 난리가 난다.

그때였다.

"어허! 내 은인의 말을 듣지 못할까!"

이준이가 적절하게 제후들의 입을 막아 주었다.

"이서하 선인은 고하라. 어디서 내가 가장 안전하겠는가?"

"……."

상황을 알면서도 저놈이 하대하는 건 기분이 나쁘단 말이야.

어쨌든 나는 말을 이어 갔다.

"화경 완숙이라고 하셨습니까? 황자 저하를 지키는 데 그 정도로는 안 됩니다."

쪼잔하게 황자 저하를 호위하는 데 화경(化境)의 고수가 뭐냐? 화경의 고수가.

"현경(玄境)의 고수가 황자 저하를 호위할 것입니다."

"……!"

"더 강한 고수를 휘하에 두신 분 있습니까?"

더 강한 놈 있으면 나와 보라고 해라.

◆ ◇ ◆

"정말로 현경의 고수를 알까요?"

"그런 자가 요령에 은거하고 있겠는가?"

"하지만 거짓을 말하는 거 같지는 않았습니다."

다 들린다. 다 들려.

저놈의 제후들은 입으로 성주가 된 건지 불평불만을 계속해서 쏟아 냈다.

그렇게 도착한 곳은 요령의 최남단.

만년설이 아름다운 만백산(萬白山)이었다.

그 중턱에 산성이 하나 있었다.

원남성의 성주가 이를 보고는 말했다.

"여기는 뭡니까?"

"과거 제국이 왕국의 북진을 막기 위해 지은 요새입니다. 지금은 그냥 폐허나 다름없지만요."

성벽도 거의 다 허물어져 가고 있었고 요새 안의 집도 백 가구가 채 되지 않았다.

그마저도 사냥꾼이나 농민들뿐.

무사라고는 보이지 않았다.

"황자 저하를 숨길 생각이라면 잘 고르긴 했군."

원남성 성주가 비꼰다.

"여기 무슨 고수가 있단 말이오? 농사짓기의 고수라도 있는 것입니까?"

"하하하, 하긴 그러면 현경 수준일 수도 있겠습니다. 성주님."

아주 북 치고 장구 치고 난리 났다.

"금방 올 겁니다."

슬슬 거대한 기운이 다가온다.

이윽고 아린이가 썩은 대문을 발로 차 부수며 나타났다.

"다녀왔어."

아린이의 뒤로 백발과 흑발이 절묘하게 섞인 남자가 따라 걸어온다.

큰 키에 불만 가득한 얼굴.

나는 성주들에게 그를 소개하며 말했다.

"이분이 바로 제가 말한 현경(玄境)의 고수 냐옹……이 아니라 설산비호 대협입니다."

애초에 황자 저하를 확보하는 것만으로는 일을 완벽하게 해냈다고 할 수 없다.

신정 스님을 황제로 만드는 것까지가 나의 목표였으니 말이다.

그렇기에 난 그를 보호할 방법을 찾아야만 했고 거기서 만백산을 떠올렸다.

할아버지에게 형님이라고 부르는 마물.

바로 이 만백산의 주인.

냐옹, 아니 설산비호를 말이다.

'자기 영역에 있는 사람 하나 보호해 달라는 것뿐이니까.'

할아버지 이름을 들먹이며 협박하면 가능하지 않을까 생각했다.

그리고 아니나 다를까.

이렇게 직접 내려와서 우리를 맞이해 주었다.

그것도 인간의 모습으로.

'사람들이 놀라지 않게 크기만 줄여서 와 달라고 부탁했는데.'

반신이라고 불리던 마물들은 인간으로 변할 수도 있다고 하더니.

정말이었다.

실제로 본 적이 있어야지.

그렇게 생각할 때 엄청난 살기가 느껴졌다.

"방금 냐옹이라고 했냐?"

내가 그랬나?

너무 그렇게 째려보지 마라.

너무 입에 착 달라붙는 걸 어떡하냐?

"잘못 들으셨습니다."

"내가 진짜 강진 형님 봐서 도와주긴 하는데 너 까불다 죽는다."

"제가 죽으면 냐옹 대협은 어떻게 되겠습니까?"

"······지금 또 냐옹이라고 했지? 어?"

"비호 대협이라고 했습니다."

잘못 들은 거다. 잘못 들은 거.

그렇게 냐옹 대협과 속삭이고 있으니 제후들이 의심 가득한 눈초리로 다가왔다.

"현경의 고수라고요?"

"이분이?"

성주들이 못 믿겠다는 듯이 째려보자 설산비호가 불쾌하다는 듯 혀를 찼다.

"굳이 내가 실력을 보여 줘야 하는가?"

그 순간 순식간에 공기가 얼어붙기 시작했다.

극한의 한기에 바닥이 갈라지고 안 그래도 허물어져 가던 성벽에 균열이 가기 시작했다.

성주들도 어느 정도는 무공을 연마한 자들.

삼류 정도만 되더라도 평범한 사람이 아니라는 것쯤은 알
수 있겠지.

그렇게 식은땀을 흘려 가며 냐옹 대협을 바라보던 성주들
은 겨우 숨을 내쉬며 말했다.

"죄, 죄송합니다! 대협!"

나는 벌벌 떠는 성주들에게 말했다.

"어떻습니까? 이 정도면 황자 저하를 맡길 수 있겠죠?"

"……."

그렇게 노려보면 어쩔 건데?

싫으면 현경 이상의 고수를 데리고 오든가.

"믿고 맡기겠습니다."

"황자 저하를 부탁합니다."

결국 더 나은 방법을 제시할 수 없는 제후들은 이준이를 향
해 절을 올렸다.

"그, 그래, 너희들의 충정은 내 기억해 황궁에서 보답하겠
노라."

저 녀석도 쫄았다.

그렇게 제후들이 떠나자마자 이준이가 나에게 다가와 말
했다.

"저, 저 사람 뭡니까? 무슨 기운이 이렇게 나찰 같아요?"

"사람이 아니니까."

"네? 그럼 나찰입니까?"

"나찰도 아니야. 뿔이 없잖아."

"그러면요? 누군데 저렇게 흉흉한 기운을⋯⋯."

그 순간이었다.

"냐옹."

"아 씨발! 깜짝아."

안 그래도 쫄아 있던 이준이가 대경실색을 하며 넘어졌다.

"쯧쯧쯧, 남자 놈이 이렇게 담이 작아서야. 설마 내가 지켜
야 하는 놈이 이놈은 아니겠지?"

"아닙니다. 저기 스님들 중⋯⋯."

나는 신정 스님 쪽으로 고개를 돌렸다.

그 순간 누구라고 말하기도 전에 설산비호가 신정 스님에
게로 다가갔다.

"네가 황자로군."

도대체 어떻게 안 거냐?

신정 스님은 미소와 함께 고개를 숙였다.

"심명사의 방주. 신정이라고 합니다."

나는 설산비호 옆으로 달려가 말했다.

"어떻게 아셨습니까?"

"혼자 신력이 남다르잖아. 이 위대한 만백의 주인인 내가
그걸 못 알아보겠느냐?"

311

"나찰도 알아볼까요?"

"굳이 그런 수고를 감수할 필요가 있을까? 그냥 다 죽이면 되는데."

하긴, 오미크론도 그런 생각으로 미끼를 물지 않았었지.

압도적으로 강한 존재는 잔꾀를 부리지 않는다. 그냥 힘으로 내려찍을 뿐.

위대한 일곱 혈족이 또 공격해 오면 막을 수 있으려나?

그렇게 걱정할 때였다.

"걱정하지 마라. 약속한 이상 만백 안에서는 내가 안전을 보증해 주지."

"감사합니다."

"대신 강진 형님한테는 좋은 말 좀 해 줘라. 응? 뻑하면 토벌해 버린다고 협박하는데 미치겠다."

위대한 만백의 주인이 참 피곤하게도 산다.

"네, 완전 착한 마물이라고 잘 전해 놓겠습니다."

"후우. 이 모습을 유지하는 것도 힘드네."

설산비호는 그렇게 말하더니 혀를 찼다.

"원래 모습으론 돌아갈 수 없으니 잠시……."

그리고는 뒷간으로 향하더니 한참 나오지 않았다.

'쉬운 건 아니구나.'

모르긴 몰라도 완전히 다른 종이 되는 것이다.

결코 유지하기가 쉽지는 않겠지.

그때였다.

"냐옹!"

고양이 소리와 함께 전음이 들려왔다.

[밑이다.]

시선을 내리자 검은 줄무늬를 가진 하얀 고양이 한 마리가
보였다.

설마 이게…….

"설산비호 님?"

[그렇다. 이 모습이면 사람들 사이에 잘 녹아들 수 있겠지.
뭐 다소 걱정되는 부분은 있다만…….]

그 순간이었다.

내가 반응할 새도 없이 민주가 달려와 설산비호를 안아 들
었다.

"꺄악! 서하야! 이 애 뭐야! 너무 귀엽잖아!"

[……망할.]

걱정하던 일이 바로 일어나 버린 설산비호였다.

◆ ◈ ◆

요새에는 심명사의 스님들, 백기 그리고 소은이가 구한 피
난민들이 배치되었다.

겉으로는 요령이 원남에서 넘어온 피난민들을 수용하지

못하고 변방으로 빼냈다고 보이게끔 말이다.

'설사 제후들을 통해 정보가 새어 나가더라도 이준이를 황자로 알겠지.'

암살 아니면 전면전을 벌일 것이다.

암살이라면 완전 목표를 잘못 잡을 테니 상관없을 테고 전면전이면 냐옹이가 어떻게든 해 줄 것이다.

'정 적이 강하면 신정 스님만 데리고 왕국으로 넘어오면 되니까.'

만백은 냐옹이의 영토.

위대한 일곱 혈족이 공격해 와도 그 정도는 해 주겠지.

이 정도만 하고 제국은 제후들이 알아서 정리하도록 놔두자.

그렇게 요령에서의 일이 전부 끝난 나는 바로 만백산을 넘어 왕국으로 향했다.

"으으으, 춥네요. 추워. 담요 하나 더 없습니까?"

"무인은 추위를 타지 않는 법."

"암! 그렇고말고."

이준이가 춥다고 호들갑을 떨자 옆에 있던 지율이와 상혁이가 한마디씩 건넸다.

정이준은 그런 두 사람을 번갈아 보다 말했다.

"이 또라이들."

"뭐라고 인마?"

"맞으면 따뜻해지니까 좀 맞자."

그렇게 이준이가 반강제적으로 몸을 데우고 있을 때였다.

"하하하, 재밌는 분들이네요."

진소은.

나의 전 부인도 함께 만백을 넘어가고 있었다.

그녀 또한 만백의 추위에 벌벌 떨고 있었다.

"추우십니까?"

"죄송해요. 저만 말을 타고 편하게 가면서⋯⋯."

"무사가 아니니 어쩔 수 없죠."

나는 입고 있던 옷을 벗어 그녀에게 건넸다.

"저는 추위를 타지 않으니 입으십시오."

이런 거라도 해야지.

그때였다.

"나도 추워."

아린이가 옆에서 내 소매를 잡았다.

얘 왜 이래?

"너 한서불침(寒暑不侵)⋯⋯."

"춥다고."

그리고는 내 옷을 받아 가더니 자기 옷을 진소은에게 건넸다.

"이거 입으세요. 서하 것은 내가 입을 테니."

"아하하하. 감사합니다."

진소은이 민망하게 웃고 있을 때 옆으로 김채아가 다가왔다.

"대장 눈치 없다는 소리 많이 듣지?"

"난 눈치로만 이 자리까지 온 사람이야."

"그럼 일부러 그러는 거예요? 부대장님 질투 나게 하려고?"

"그게 아니라……."

알면서 안 되는 게 마음이라고 하지 않은가.

소은이 웃는 얼굴을 보면 죄책감에 미칠 거 같거든.

나도 이참에 부동심법이나 익힐까?

여자 보기를 돌같이 하는 거로.

아니지.

아린이 옆에 두고 그런 걸 익힐 수 있을 리가 없지 않은가.

그렇게 만백을 넘어 수도에 도착한 나는 친구들에게 휴식
을 명한 뒤 바로 왕궁으로 향했다.

확인해 봐야 할 일이 있기 때문이다.

'정해우.'

모르긴 몰라도 내 편지가 며칠 전 도착했을 것이다. 신유
민 전하가 정해우를 계속해서 주시하고는 있겠지.

'일단 상황을 좀 논의해 보자.'

왕궁에 도착한 나는 신유민 전하가 있을 서재로 향했다.

"전하는 안에 계시는가?"

"네, 하지만 누구도 들이지 말라 하셨습니다."

"한 번만 물어봐 주게."

뭔가 심경의 변화가 있으신가?

잠시 후, 하인이 나와 고개를 조아렸다.

"들라 하십니다."

그렇게 서재 안으로 들어가자 술 냄새가 코를 찔렀다.

'술?'

신유민 전하는 술을 싫어한다.

애초에 술을 마시는 행위 자체를 멍청한 짓이라고 생각하기 때문이다.

그런 전하가 술 냄새를 풀풀 풍기며 나에게 손을 들어 보였다.

"아! 이서하 찬성사 왔구먼. 황자는 잘 구했나?"

"……문하시중과 관련된 일입니까?"

"아, 그래. 아직 결과를 못 들었겠구나."

"뭔가 수상한 행적이라도 잡혔습니까?"

"도망갔네."

어느 정도는 예상하였다.

그러나 그 또한 충격으로 다가왔다.

아니길 빌었으니까.

"정해우가 은월단이었어."

"……큰일이네요."

"그래, 큰일이지."

나찰이 왕국의 전력 그 모든 것을 안다.

3개의 군단, 은악, 그리고 내가 준비하고 있는 광명대의 존재까지.

그리고 그때였다.

"안 됩니다, 장군! 전하께선 아무도⋯⋯!"

"죽기 싫으면 비켜라."

한 남자가 서재를 박차고 들어왔다.

백성엽 대장군.

그는 작게 한숨을 내쉬고는 말했다.

"그쯤하고 이제 나오시죠. 전하."

"후우."

신유민 전하는 혀를 차며 말했다.

"움직였군요. 해남이랑 신평이겠죠."

"그렇습니다."

그 말을 들은 신유민 전하는 술병을 책상에 내려쳐 깨며 말
했다.

"그럴 줄 알았다. 해우야."

살기 가득한 미소를 짓는 신유민 전하.

저런 모습은 또 처음이다.

나는 신유민 전하가 일어난 자리를 바라봤다.

술이나 퍼마시고 있는 줄 알았던 그곳에는 온갖 병법서가
펼쳐져 있다.

"서하야. 어디론가 가야겠다."

"⋯⋯해남입니까? 신평입니까?"

아마 정해우는 새로운 군단이 완벽하게 만들어지기 전에

파괴할 생각일 것이다.

그렇다면 그곳에 내가 가서…….

"양천이다."

신유민 전하는 나를 보며 말했다.

"해우 그놈 생각이야 뻔하지. 군의관들부터 없앨 생각일 거다. 보란 듯이 해남과 신평에서 난동을 부리는 게 그 증거지."

확실히 지금까지의 은월단답지 않았다.

은월단은, 아니 정해우는 신중하게 유리한 판부터 깐 뒤 전투를 시작했다.

그런데 지금은 그냥 날뛰고 있지 않은가.

다른 생각이 있다고 볼 수밖에 없다.

"성동격서(聲東擊西). 그렇게 나오면 나도 내 최대 전력을 보낼 수밖에."

잊고 있었다.

전하 또한 평범한 사람은 아니라는 것을.

"전쟁을 시작하자."

왕국과 은월단의 전면전이 시작되었다.

〈15권에 계속〉

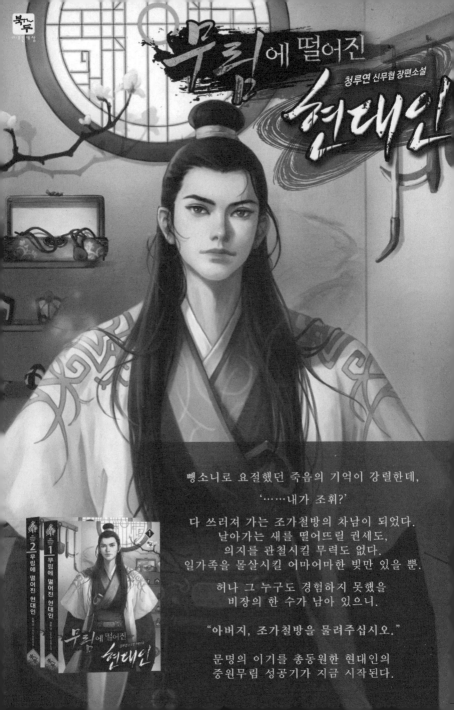

무림에 떨어진 **현대인**

청루연 신무협 장편소설

뺑소니로 요절했던 죽음의 기억이 강렬한데,

'……내가 조휘?'

다 쓰러져 가는 조가철방의 차남이 되었다.
날아가는 새를 떨어뜨릴 권세도,
의지를 관철시킬 무력도 없다.
일가족을 몰살시킬 어마어마한 빚만 있을 뿐.

허나 그 누구도 경험하지 못했을
비장의 한 수가 남아 있으니.

"아버지, 조가철방을 물려주십시오."

문명의 이기를 총동원한 현대인의
중원무림 성공기가 지금 시작된다.